CONTENTS

マーブル模様のロマンス

1

総合病院の待合室で、先刻から名前を呼ばれるのをボンヤリ待っている。

窓から差し込む夕陽は、赤というより金色に近かった。そういえば、来る途中の街路樹が綺《き》麗《れい》に色づいていたなぁ、と藤野夕貴《ふじのゆうき》は今更のように思う。もう一週間、毎日通って来ている道なのに、今日初めて周囲の景色に気を留めた。

「藤野さーん、藤野実代子《みよこ》さーん」

「あ、はい」

呼ばれて、慌てて腰を上げる。看護師はにこやかな笑みで「三番の診察室へどうぞ」と促した。夕貴が入ると、母親の担当医が愛想よく椅子《いす》を勧めてくる。ここまでの流れも、すっかり慣れたものだった。

「お母さん、順調ですよ。良かったですね」

「ありがとうございます」

頭を下げて、ホッと息をつく。いつもと同じやり取りの中、この瞬間だけはいつも緊張した。

母親が勤務先のデパートから帰宅途中、暴走バイクに引っかけられたと連絡を受けた時は心臓が止まるかと思ったが、右足と鎖骨の骨折で済んだのは不幸中の幸いだった。

「退院まで二週間くらいかな。リハビリのための通院は、しばらくしていただきますが」

「はい」

「それから、まだ見つからないの？　犯人」

「……そうなんです」

夕貴は、困ったように眉根を寄せる。

母親を轢《ひ》いたバイクは、現在も逃走中だ。事故を目撃していた人がすぐ通報してくれたので大事には至らなかったが、まだ犯人は捕まっていない。

「まったく災難だったね。夕貴くんも、気をつけるんだよ」

まるで小学生に注意するみたいだ、と少しこそばゆかったが、もう一度「はい」と笑顔で答えておいた。担当医は四十絡みの人の好い男性で、夕貴が母子家庭だと知って何かと気にかけてくれている。でも、いくら童顔に見えても一応成人しているし、あんまり構われると自分がそんなに頼りなく見えるのかと胸中は少し複雑だ。

「じゃあ、よろしくお願いします」

一礼して、診察室を後にした。実は、この後が最大の難関なのだ。心はどんどん重たくなっていったが、意を決して会計の窓口まで向かった。

「すみません、藤野実代子の身内ですが」

この病院では入院する際の保証金として、規定の金額を先に渡す決まりがある。しかし、十万円という金額はなかなか手痛い出費だった。保険金が下りるのはまだ先だし、折悪く住んでいるアパートの更新日が来て一括で更新料を払い込んだばかりだ。貯金がないわけではないが、できるならバイト代が出るまで待ってもらえるように交渉したかった。

「あの、入院の保証金なんですけど、もうちょっと後でも大丈夫で……」

目の前のカウンターに、突然一万円札の束がポンと置かれる。

「じゃあ、こいつで清算しちゃって！　ニコニコ現金一括払いで！」

「え……」

何事かとギョッとし、夕貴は傍らに立つ人物を見上げた。背の高い、表情の緩《ゆる》んだ軽い感じの男が、鼻歌を歌いながらこちらへちらりと視線を送る。よくよく見れば男前なのに、全体から滲《にじ》み出るだらしない雰囲気が残念度を倍増しにしていた。

「こんにちは、藤野くんでしょ？」

「誰……」

「そっか、今日が初対面なんだった。ごめんごめん。俺、沢城《さわき》。事故の目撃者」

「事故……って、え、もしかして母の？」

「そうそう。お母さん、災難だったねー」

良いお天気ですね、とほぼ同じトーンでお見舞いを言われて面食らう。しかし、事故の目撃者なら救急車を手配してくれた母の恩人だ。夕貴が病院に着く前に立ち去ってしまったとかでお礼もできずじまいだったが、こんな場所で会えるとは思わなかった。

「あの、先日は母が本当にお世話になりました！　すみません、俺が病院に駆け付けた時は、もう出て行かれたって聞いてそれきりになっちゃって……」

「ああ〜、いいのいいの。ほら、残ってるといろいろ面倒だったから」

「面倒……」

どういう意味かと不可解な顔をする夕貴に、彼は陽気な笑い顔を見せる。よれたTシャツの上からアロハを羽織り、下はハーフパンツとビーサンという的屋《てきや》のような出で立ちが、病院の中では思い切り浮いていた。

「お支払いのお手続き、済ませてもよろしいでしょうか」

十万円を前に、事務の女性が困り顔で声をかけてくる。とんでもない、と夕貴は顔色を変えたが、相変わらずユルイ笑顔で「うん、お願い」と押し切られ、結局は保証金を立て替えてもらってしまった。

「どうして……」

領収書を受け取りながら、本当にいいのか、と夕貴は戸惑う。初対面の相手から十万もの大金を融通してもらうなんて、やっぱり自分もどうかしていた。おまけに、沢城と名乗る男は見るからに怪しそうだ。お金を盾に無理難題をふっかけられ、転落の道が待っているんじゃないかと思うと、早まった真似をしたと後悔が募ってくる。

「あの、沢城さん。今日は、どうしてここに？　どなたかのお見舞いですか？」

警戒心を丸出しにしながらおそるおそる尋ねると、「それがさぁ」と突然目が輝き出した。

「さっき、競輪で当てたんだよね！　半年ぶりの勝ち越しだよ。で、ふっと事故のおばさんのこと思い出したんだ。轢き逃げに遭った時、俺、びっくりしちゃって犯人とかナンバーとか何も覚えてなくてさぁ。そんで、今更ながら悪いことしたなぁ～と思ったわけ。だから、お見舞いに行こうって思って。救急車でここまでは一緒に来たからさ」

「そう……だったんだ……」

「そしたら、ちょうど〝藤野実代子の身内です〟って声が耳に入ったから」

「……十万を」

「十万を！」

イエス！　とはしゃぐ様子は限りなく能天気だが、悪人ではなさそうだ。年齢は二十代半ばか後半くらいだろうか、こんな軽薄な恰好ではなく、髪を整えて無精髭《ひげ》を剃《そ》り、スーツでもビシッと着たら似合いそうなのに、と余計なことまで考えてしまった。

立ち話も何だから、と誘われて、病院の敷地内にあるカフェへ移動する。母親の顔は毎日見に来ているものの、寄り道をするのは初めてだった。よくあるシアトル系のチェーン店だが、入院服を着た人や車椅子の客がちらほらいるのは病院ならではだ。

「この系列の店ねぇ、俺が仕事でちょっと力を貸したんだ」

「え、沢城さんって何のお仕事してるんですか？」

「うん、まぁフード関係っつうかね。いろいろやってるよ」

「へぇ……凄《すご》いんですね」

「あ、これ名刺ね」

アロハの胸ポケットから、無雑作に取り出した紙片を渡される。面食らいつつ受け取ると、肩書きに『代表取締役』の文字が目に入った。若いのに社長さんなんだ、と驚き、胡散《うさん》臭いなんて思ったことを反省する。夕貴の感心した様を見た彼は、オーダーカウンターの前で得意げに「で、何にする？」と注文を尋ねてきた。

「あ、すみません、俺が払います！　せめて、コーヒーくらいご馳走させてください。その、大したお礼にもならないけど……」

「や、でもさぁ」

「…………」

「……じゃ、奢《おご》られようかな」

ジッと熱心に見上げていたら、決まりの悪そうな顔で向こうが折れる。

夕貴はホッと胸を撫《な》で下ろし、何にしますか？　と声を弾ませた。

「レストラン・プロデューサーか……」

土曜の午後、夕貴は一枚の名刺を手に青山《あおやま》の街を歩いていた。

普段、あまり足を踏み入れないエリアなので、軒を連ねるブランドショップやファッションビル、行き交う人々など目に映る全てに気後れしてしまう。こんな場所にオフィスを構えているなんて、沢城陸矢《りくや》という人は本当にちゃんとした人なのかもしれない。

『お礼なんていいって。どうせあぶく銭なんだからさぁ』

必ず返しますからと言い張る夕貴に、ほとほとまいった、と苦笑し、『君の目、でっかくて心臓に悪いね』と彼は言った。

『なんっか、見られると居心地悪いんだよな。悪いこと全部見透かされそうでさ』

『そんな、沢城さんは恩人です。悪いことなんて……』

熱心に訴えると、ははは、と気弱な笑い声を返された。でも、悪い気はしなかったのか、カフェを出る際に「困ったことがあれば、またいつでも言ってきなよ」と言ってくれたのだ。

『〝ヨクサル〟代表取締役、沢城陸矢――さん』

改めて名刺をまじまじと見つめ、夕貴は尊敬の眼差しを向ける。

『後日、改めてお礼に伺います。お金も、できるだけ早くお返ししますから』

別れ際にそう言うと、十万は見舞金だから、と軽く流された。忙しくていつ会社にいるかわかんないし気にしないでよ、と。

だが、もちろん甘えるわけにはいかない。

十万は大金だ。いくら相手が社長だからといって、ポンともらっていい金額ではない。陸矢がどれだけお金持ちだったとしても、それとこれとは話が別だ。あんまり食い下がるのも迷惑かと一度は引いたが、心の中では「絶対に返さなきゃ」と密かに燃えていたのだった。

「結局、一週間くらい間が空いちゃったけど……」

会社名をネットで検索したら、フード業界では注目を浴びている人物だと判明した。いくつかインタビューもアップされており、アロハ姿とは別人のようなスーツを着て、引き締まった表情を浮かべた陸矢が理知的に業界の展望を語っていたのだ。その容姿は端整な中に野性味を滲ませた非常に魅力的なもので、先日と同一人物とは思えずに何度も見直してしまった。

「やっぱり、凄い人だったんだなぁ」

あんな人に助けてもらったのか、と思うと、何だか胸がドキドキする。

父親を早くに亡くしたせいで、夕貴は大人の男性に免疫がないまま成長した。そのため、陸矢へは感謝と同時に憧れにも似た思いが芽生えつつある。だから、お礼を口実にもう一度会えるというのもこっそり嬉しかった。

会社が入っているテナントビルは、すぐにわかった。

いきなり訪ねるのはまずかろうと事前に電話をしたところ、秘書らしき男性から社長は土曜の午後に顔を出します、と言われた。「正式なアポイントを取るのは難しいが、隙間《すきま》で少しだけ時間が取れるかもしれない」とのことだったので、それでいいです、と答えた。

それにしても、と煌《きら》びやかな街を歩きながら夕貴は嘆息する。

レストラン・プロデューサーとは、一体どんな職業なのだろう。

この間の陸矢の話と、ネットでの「店舗デザインからメニュー、スタッフの手配に至るまでの総合業務」という説明文だけではあんまりピンとこなかった。ただ、とても面白そうだな、とは思う。一軒のレストランを丸ごと作り上げるなんて、考えただけでわくわくする。

「けっこう、マスコミで話題の店とか手掛けていたっけ」

人は好さそうだが、軽薄が服を着て歩いているような姿を思い出し、つい笑いがこみ上げてきた。ああいうのも、ギャップ萌《も》えと言うのだろうか。ギャンブルで儲《もう》けたと喜ぶ顔と、インタビューの写真のような厳しい顔と、どちらが本物の陸矢なのか興味が湧いてくる。

「どっちにしても、毎日楽しそうだよな……」

いつの間にか、羨ましいと思っている自分がいた。

夕貴は、物心ついた頃から母親と二人暮らしだ。父は身体の弱い人で、もともと長くは生きられないと医者に言われていたらしい。頼れるような親戚はいなかったが、父が逝った後、頑張り屋の母は女手一つで夕貴を育て、温かな家庭を作ってくれた。学校の成績が良かったので奨学金を利用して進学してはどうかと教師に言われたが、夕貴は高校を出たら働こうと決めていたのでそれを断わり、小さな貿易会社で二年間働いた。

しかし、不況の煽《あお》りで今年の春に会社は倒産してしまった。以来、再就職口が見つからず、コンビニでのバイトやビル清掃などを掛け持ちして収入を得ている。仕事の内容に楽しいもつまらないもなく、やり甲斐や達成感とも無縁の日々だった。おまけに、母が退院したらリハビリの付き添いもあるし、コンビニのシフトは減らさざるを得ないだろう。

「できるだけ早く返します、なんて言っちゃったけど……頑張らなくちゃな」

ここだ、と路地を入ったところで足を止めた。

洒脱な建物が並ぶ中でも、一際雰囲気のある外観が目に入る。赤煉瓦《れんが》の外壁に、緑の蔦《つた》の鮮やかなコントラスト。オフィスというより、店舗のようだ。一階には小さなカフェがあり、二階から上にテナントのオフィスが入っているらしい。横の入り口を抜けるとエレベーター脇にいくつか会社のプレートがあって、四階に『ヨクサル』の文字を見つけた。

「『ヨクサル』って何だっけ。どっかで聞いたことがあるような……」

首を捻《ひね》りつつ、時間を携帯電話で確認する。陸矢が出社すると聞いた二時まで、ちょうど五分あった。夕貴は意を決してエレベーターへ乗り込み、会ったらまず何て言おう、と頭の中でシミュレーションする。陸矢の人懐こい感じからオフィスでも構える必要はないかと思うが、想像よりもずっと洗練された空間だったので無駄に緊張してしまう。

四階に到着し、扉が静かに開いた——瞬間。

「謝罪は後だ！　とにかく動け！」

耳をつんざくような怒号に直撃され、夕貴はくらりと目眩《めまい》を覚えた。ハッと我に返り、慌てて降りようとしたが、直後に複数の男性が押し入って来てたちまち隅へ追いやられてしまう。

「榊《さかき》、ＳＴフードの社長は何て言ってるんだ？」

「それが、記者会見を見てくれの一点張りで。代替品もアテにはならないかと……」

「バカ野郎ッ。だったら、すぐよそを当たれ！　オープンは三日後なんだぞ！」

「こっちの見積書、数字がさ……」

「予算のことは、村宮《むらみや》の方へ言え。それより榊、空輸のチャーター便が」

彼らはそれぞれ書類やファイルを抱え、携帯電話で会話し、その合間にピリピリとやり取りを交わしている。夕貴がしきりに「降ります！」と喚《わめ》いているのもまったく耳に入っていないようだ。懇願虚しくエレベーターは一階に着き、一同はわらわらと出て行った。

「何なんだよ、もう……」

ぐったりと脱力しながら、一人残った夕貴は呟《つぶや》きを漏らす。

くそ、ともう一度四階のボタンを押し、扉がゆっくり閉まりかけた。その時、ふと床に落ちている紙片が目に入る。さっきの男性の内、誰かが落としたものらしい。

「何だろう……」

気になったので、拾ってポケットにしまった。会社の誰かに渡せばいいやと、疲れ切った溜め息をつく。陸矢本人に会う前に、ずいぶんな歓迎を受けてしまった。

「――おい」

突然、声と同時に扉が途中で止まった。

扉をこじ開けた男性が、こちらを睨《にら》みつけている。

「おい、おまえ」

「お、俺のことですか」

「他に誰もいないだろうが」

取りつく島もない横柄な言い草に、夕貴はカチンときた。初対面の相手に、どうして偉そうにされなければならないんだ。頭に来て睨み返そうとした時、あれ、と胸がざわついた。

この人、どこかで会ったことがある。それも、つい最近。

「ま……さか……」

「何だ?」

わなわな唇を震えさせる夕貴に、相手は片眉を上げて奇妙な顔をする。珍獣でも見るような目を無視して、「沢城さん?」と声をかけてみた。

「沢城さん?　沢城陸矢さんでしょう?」

「確かに、俺は沢城陸矢だが……」

「覚えてないんですか？　藤野夕貴です。先日、Y総合病院でお会いした……」

「…………」

「あの、二時にオフィスへいらっしゃると聞いたので」

何だろう、この違和感は。先日感じた空気とは、まるで違う。

懸命に話しかけてみたものの、夕貴の胸に戸惑いが膨れ上がっていった。

目の前で仏頂面を見せている人物は、どう考えても先日の陸矢と同一人物には思えない。だるくてユルくていい加減な態度は霧散し、代わりに剣呑《けんのん》で威圧感たっぷりの偉そうな男に成り代わっている。パッと見で気が付かなかったのも、その差があまりに激しかったせいだ。

（だって……違いすぎるだろ……）

確かに、ネットで見た彼はこんな風だった。けれど、実際の彼から受ける取っ付きの悪さは写真の比ではない。てろんとしたアロハシャツの時は気づかなかったが、しっかりした肩幅と細身だがしなやかな身体つきに、高級そうなスーツがとてもよく似合っていた。ノータイの白いシャツから覗《のぞ》く浅黒い肌は、引き締まった筋肉を連想させるに充分だ。ビーサンだった足元は、よく磨かれた高価そうな革靴に変身していた。

（仕事中とはいえ……ここまで変身するなんて……）

一流の服や靴が嫌みなく映えるのは、彼にしっくり馴染んでいるからだ。無雑作に伸びてい

14 15 16

た髪は綺麗に撫でつけられ、髭の剃り残しなんて見当たらない。整髪料は使っておらず、過度の装飾品も身に付けていない点もまったく違っていた。先日の陸矢なら安物のコロンが匂ったし、金の三連ネックレスが胸元から覗けていた。

「いつまで人の顔、眺めている気だ？」

呆《ほう》けたように観察していたせいか、苛々《いらいら》したように陸矢が言った。

「悪いが、俺はおまえに覚えがない。人違いだろう」

「そんな……」

「それより、おまえメモ用紙を見なかったか？　中で落としたと思ったんだが」

「メモ用紙……ですか」

あ、と思った。先ほど、ポケットへ入れた紙片のことだろうか。

「拾いましたけど……」

「寄越せ」

「ちょ、ちょっと待ってください」

不躾《ぶしつけ》に目の前へ右手を差し出され、夕貴は反射的に身構えた。思いがけない反応に、相手はあからさまに不快な顔をする。しかし、怯《ひる》んではいられなかった。

「このメモ、本当にあなたへ渡していいかわからないから」

「は？」

「だって、そうじゃないですか。さっき、エレベーターにあなたは乗っていなかった。要するに、メモを落としたのはあなたじゃありません。もし、他人に見られて困るような内容なら、おいそれと本人以外に渡せません」

「ガキが、何を屁理屈《へりくつ》言ってるんだ。いいから、さっさと渡せ。こっちは急いでいるんだ」

「だったら、何が書いてあるのか言ってみてください！」

負けじと夕貴も言い返す。大体、それが拾った人間に対する態度だろうか。いくら恩人だからといって、何でも言いなりになると思われては困る。

十数秒、二人は無言で睨み合った。正確には、陸矢の剣呑な視線に夕貴が必死に耐え続けたのだ。やがて、陸矢の背後で「あの〜」と迷惑そうな声がして均衡は破られた。

「すみません、あなた乗らないならどいてくれます？」

「……失礼」

面食らった様子で、陸矢が身体を脇へずらす。年配の女性が眉を顰《ひそ》めながら乗り込み、あなたも仲間なのかと言いたげにこちらをジロリとねめつけた。居たたまれない気分に襲われ、ぺこりと一礼して夕貴は外へ出る。待ってましたとばかりにエレベーターの扉が閉まり、みるみる上の階を目指していった。

「ああ、もう……」

点灯するフロアの数字を見上げ、深々と溜め息をつく。だが、考えてみればオフィスに行く理由などすでにない。何しろ、訪問の目的は不機嫌そうに腕を組んでいる男に会うことだったからだ。何のために会いに来たんだろう、と虚しくなり、夕貴はそっと傍らの彼を盗み見た。

（本当に……沢城さんなのかな……）

容易には信じられない気持ちだが、フルネームで尋ねて肯定されたのを思い出す。

やはり、彼が沢城陸矢なのに間違いはないようだ。

「社長！　皆が待ってますよ！」

扉の外から、別の誰かの声がした。陸矢が振り返り、「ああ、悪いな。ちょっと、変な奴に捕まった」と答えるのが耳に入る。

「俺、変な奴なんかじゃありません！　藤野夕貴です！」

ムッとして口を挟むと、いかにも面倒臭そうな視線が向けられた。何なんだよ、と睨み返している間に、部下らしき若い青年がひょこっと彼の隣から覗き込んでくる。先ほどエレベーターで一緒だった、榊と呼ばれていた人だ。

「おい、榊。おまえのメモ、こいつが拾ったらしいぞ」

「え、本当ですか。わあ、どうもありがとう。助かったよ」

「気を付けろよ、榊。無防備に手を出すと噛まれるぞ」

「はい？」

「〝本当にあなたへ渡していいんですか〟だとさ。まったく、恐れ入ったよ。小型犬みたいな面して、怖いもの知らずというか生意気というか」

「あの！」

言うに事欠いて、小型犬とは何事だ。思わず声を荒らげようとした夕貴に、榊が温和な笑顔で「まぁまぁ」と割って入ってきた。

「ごめんよ。うちの社長、口は悪いけど悪気はないんだ。あの、メモを拾ってくれたって？」

「あ、はい……」

「そうそう、これだよ。バタバタしてたんで、見つからないかと思ったよ」

おずおずとメモを渡すと、安堵《あんど》の表情で感謝される。そんな、と夕貴も恐縮し、役に立てて良かったと笑顔を返した。その様子を横目で見て、陸矢が忌々《いまいま》しげに舌打ちをする。

「ずいぶん、俺の時と態度が違うじゃないか」

「社長は、もうちょっと愛想を覚えてくださいよ。あと、何でも自分が一番に飛び出すのもやめてください。メモくらい、俺が自分で取りに行ったのに」

「おまえは、打ち合わせの電話中だったろ。手が空いている者が動いて何が悪い」

「そうですけどぉ……って、呑気《のんき》に立ち話してる場合じゃなかった。ほら行きましょう！」

「ああ、そうだな」

早く早くと急かされて、陸矢は面倒そうに歩き出す。二人とも、夕貴の存在など失念しているようだ。だがすぐに陸矢の方が立ち止まり、肩越しにこちらを振り返った。

「おい、藤野夕貴。おまえ、もう少し可愛げがないと損するぞ」

「は？」

「せっかくの容姿を、活かさないでどうする。愛玩犬にも武器はあるだろう？」

「な……ッ……」

怒りでみるみる赤くなる夕貴に、ニヤリと意地の悪い笑みが向けられる。

その顔を見た瞬間、プツンと何かが切れた。

「何が愛玩犬だよ！　そんなら、あんたはふてぶてしいドーベルマンじゃないか！」

「ドーベル……」

「大体、さっきから失礼じゃないですか！　何だよ、この間とは大違いだ！　〝困った時は、何でも言ってきな〟とか大口叩いたくせに、この二重人格者！」

「…………」

「わざわざ来て損した！　さよなら！」

勢いに任せて喚き散らし、即座に背中を向けて走り出す。待て、とか何とか声が聞こえた気がしたが、金輪際関わり合いになるのはご免だった。

「何なんだよ……あいつ……」

また会いたいと、思ったのが間違いだったのだ。お礼なんて、手紙かメールで良かった。

再会を心の底から後悔したが、十万の事実は無しにはできない。今すぐ叩き返してやりたいと思ったが、現実はそうはいかなかった。

来る時とは反対に、心は沈んで憂鬱《ゆううつ》な思いだけが胸を支配する。

畜生、と口の中で罵《のの》しりつつ、夕貴は駅までの道をただ走り続けた。


藤野夕貴、と口の中で反芻《はんすう》してみる。

だが、やはり沢城陸矢には覚えがなかった。仕事柄いろんな人と出会うし、分刻みで目まぐるしいスケジュールをこなしている分、人の顔と名前を覚えるのは得意なはずなのだが。

「あの子、社長のお知り合いですか？」

運転席から、榊が話しかけてきた。そんなわけないだろう、とにべもなく答えると、意外そうな声で「でも」と言われる。

「ずいぶん親しげだったじゃないですか。社長、溌剌《はつらつ》と苛《いじ》めていましたよね」

「…………」

「大学生か高校生かなぁ。確かに、ちょっと小型犬っぽかったですけど」

こちらの気持ちも知らないで、榊はくっくと笑いを堪《こら》えていた。しかも、苛めていたとは心外だ。くるくる変わる表情とリアクションは面白かったが、それだけでいちいち見ず知らずの子どもを構うほどヒマではないのだ。

「まぁ……見た目ほど、中身は甘くはなさそうだが」

後部座席のシートに背を預け、小さく陸矢は呟いた。

「なかなか、頭の回転は悪くない。少々生意気だが、弱気で何も言えないよりマシだろう」

「しっかりしているじゃないですか。社長を前に物怖《お》じした様子もなかったし、けっこう度胸も据わっていそうでしたね。俺、嫌いじゃないですよ、ああいう子」

「俺を、ドーベルマン呼ばわりしたんだぞ」

「ブルドッグとかパグって言われるより、全然いいじゃないですか」

「…………」

そういう問題か？　と詰め寄りたかったが、ムキになるのも大人げないかと我慢する。どうせ、もう会うこともないだろうから考えるだけ無駄だ。頭を仕事に切り替えようと思った時、上着の内ポケットから携帯電話の呼び出し音が鳴り響いた。

「……空矢《そらや》」

液晶に浮かぶ名前を見て、眉間の皺《しわ》が深くなる。一瞬無視しようか迷ったが、彼のことだから出るまで何度でもかけ直してくるだろう。仕事でも勉強でも飽きっぽいくせに、つまらないところで妙な根性を発揮する男だ。

陸矢は一つ息を吐き、諦めて電話に出ることにした。

「もしもし」

『おう！　陸矢か？　元気でやってるか？』

「人のことより、自分はどうなんだ。何ヶ月も音信不通で、いい加減にしろよ」

『まぁ、そう怒るなって。相変わらず、おっかねぇ弟だなぁ』

お気楽な笑い声に、思わずこめかみに青筋が浮きそうになる。だが、こんなのはいつものことだった。電話の相手は、人の神経を逆撫でする天才なのだ。

「用件は何だ。今、仕事中で忙しい」

努めて冷静に、陸矢は返事の内容を想像した。金の無心か面倒事の後始末か、きっとろくでもない用件に違いない。一卵性双生児として生まれて二十七年、同じ遺伝子を持つとは思えないほど、兄の空矢とは似たところが一つもなかった。

『いや、実はさぁ……おまえんとこ、もしかして男の子が訪ねてこなかったか？』

「男の子？」

『あ、心当たりがないならいいんだ。ちょっと、気になってさ』

慌てて言い訳するあたり、何か後ろ暗い事情があるのだろう。もしや、と先刻の一件を思い出し、陸矢は注意深く尋ねてみた。

「童顔で目のデカい、生意気そうなガキなら来たぞ。藤野夕貴と名乗っていたが」

『…………』

「おまえか。Y総合病院で会ったとかいうのは」

『……うん……まぁ……』

もごもごと語尾を濁し、空矢は気まずそうに沈黙する。だが、これで全てに合点がいった。早い話が、あの少年は自分と空矢を間違えたのだ。

（いや、そう言うと語弊があるな。大方、空矢が騙《だま》したんだろうし）

実のところ、双子の兄が自分を騙《かた》ったのはこれが初めてではない。

何か都合が悪くなったり、逆に見栄を張りたい時など、何かにつけて陸矢を名乗っては名刺を勝手に渡すのだ。キャバクラの請求や、ツケで飲み喰いした分の集金なんて日常茶飯事だ。これはもう本人であろうがなかろうが金さえ払ってくれれば誰でもいい、という手合いばかりなので、人違いだと言っても結局は全額払わされた。

（まったく、こいつに関わるとろくなことがない……）

ふっと、嫌な記憶が脳裏を掠《かす》めた。

心の奥底にこびり付いたまま、ずっと消えない忌々しい出来事。普段は忘れるようにしているのだが、つまらない拍子に蘇《よみがえ》っては陸矢を苦しめる。もう解放されたいと思うのに叶《かな》わないのは、乗り越えるきっかけが摑《つか》めないせいだろうか。

いい大人が、と自嘲《じちょう》の溜め息を漏らし、陸矢は再び口を開いた。

「今度は、何を言ったんだ。俺には面倒見きれないぞ」

『や、実はさぁ、その子に金を……』

「借りたのか？　あんな子どもに？　おまえ、堕ちるところまで堕ちたな」

『ちっげぇよっ。あげたんだよっ！』

あげた？　こいつが他人に金を？

耳を疑う一言に、陸矢は空耳か、と本気で思った。改めて問い質《ただ》してみると、競輪で当てたんだとあっさり白状する。

「その一部を、あの子にあげたのか。どういう気まぐれなんだか」

『俺だって、たまには良いことしたくなるんだよ。でも、うっかりいつもの癖でおまえの名刺を渡しちゃってさぁ。えらい感激してたから〝困ったら、いつでも来い〟的なこと、調子こいて言っちゃったんだよ。や、ずいぶん金に苦労してるっぽかったから』

「……苦労？」

『だって、母親の入院費にも困ってるみたいだったんだぜ。もしかして、借金の申し込みとか来るかもなって思ってさ。あ、母親ってのがバイクの轢き逃げに遭っちゃってさぁ。母子家庭で貧乏みたいだし……。それか、良い働き口を世話してくれとか？　前の会社が潰れて、バイト生活なんだってさ。おまえの仕事、興味あるような顔してた』

「…………」

『訪ねて来たんなら、何か助けてほしいのかもしれない。悪いけど、何とかしてやって』

「バ……ッ」

バカ言うな――と怒鳴っても、無駄なのはわかっていた。空矢は、そういう奴なのだ。その場しのぎに調子の良いことを言って、尻拭いはいつも他人に押し付ける。決して悪い人間ではないが、無責任でだらしない、身内でなければ絶対付き合いたくない人種だ。

（じゃあ、さっきは借金を頼みにでも来たって言うのか……？）

ありえない話ではない、とたちまち不快な気分になる。

空矢の話によると、十万は返さなくていいと言ったらしい。それなのに、数日たってわざわざ訪ねてくるあたり非常に怪しかった。十万をポンとくれるくらいなら、と更なる無心を考えてもおかしくはないし、入院中の母親がいるなら金はいくらだって必要だろう。

「社長、どうかされましたか？」

電話を切ってしばらく考え込んでいたら、榊が怪訝《けげん》そうに声をかけてきた。

「お願いですから、商談の席でそんな顔をしないでくださいね。相手、びびっちゃいますよ」

「そんな顔？」

「目つき、悪いです。何か嫌なことでも？」

「……うるさいな」

自慢ではないが、取っ付きの悪さは幼い頃から折り紙つきだ。やたらと大人に愛想を振り撒《ま》く空矢とは対照的に、少しも笑わない子どもで有名だったのだ。可愛げがない、何を考えているかわからない、等々の言葉は嫌と言うほど浴びて育った。

（あの藤野とかいうガキ……俺を金蔓《かねづる》とでも思ったのか？）

空矢の話で、ようやく得心がいった。

いくら顔が同じでも、実際に会えば陸矢と空矢の違いは明らかだ。しかし、あぶく銭を手に入れた空矢が気前のいい真似をしたお陰で、名刺に書かれた『代表取締役』という肩書きに妙な説得力を持たせてしまったのだろう。一卵性双生児だと知らなかった場合、服装や雰囲気の違いなど職場とプライベートで切り替えているんだと思い込めば大した謎ではない。

（くそ、舐《な》められたもんだ）

陸矢が最も嫌悪しているのは、下心や打算で近づいてくる人間だ。そのせいで、味わいたくもない思いをさんざん経験させられてきた。特に、現在の職業に就いて地位や名声をそこそこ手に入れてからは、自分を騙る空矢が次から次へと下種《げす》な連中を寄越すので辟易《へきえき》している。

（少し、懲らしめてやろうか……）

不意に、意地の悪い思い付きが頭に浮かんだ。

もし、夕貴が金か仕事を求めて来たのなら、知らん顔で話に乗ってやるのも面白いかもしれない。その上で反応を見て、安易に近づいたのを後悔するような目に遭わせてやろう。

（タダ働きでこき使ってもいいし、金蔓だと気をもたせておいて土壇場で双子の弟だとばらしてやるのもいいな。とにかく、他人を利用しようとする奴には相応のお仕置きが必要だ）

この企みが上手く運んだら、自分を苦しめ続けた記憶も帳消しになるかもしれない。いや、それより何よりあの小生意気な青年が、あわあわする様を見てみたかった。きっと、青くなったり赤くなったりで、飽きない表情を見せてくれるに違いない。

「社長、着きましたよ。ほら、スマイルスマイル……って……」

「何だ？」

「……笑ってますね。何だか不気味だなぁ」

「おまえ、笑ってほしいのかやめてほしいのか、どっちなんだ」

呆《あき》れて言い返すと、屈託なく「すいません」と返してくる。榊は大学時代の後輩なので、他の社員よりも口に遠慮がないのだ。興した会社も社員同士の垣根がない社風なので、陸矢もいちいち咎《とが》めたりはしなかった。

しかし、けじめはけじめだ。

「あ、痛っ！」

「行くぞ」

相手の頭をぺしっと平手で叩き、陸矢は憮然《ぶぜん》と車を降りた。

陸矢との最悪な再会から、三日が過ぎた。

あの時は頭に来て「二度と会いに行くものか」と思ったが、やはり十万円を借りっぱなしというわけにはいかない。陸矢は返さなくていいと言ったが、そういう問題ではなかった。

「う～ん、でも顔を合わせるのはちょっとなぁ……」

病院に寄った帰り道、夕貴は夜空を見上げつつ溜め息を漏らす。

あれからずっと考えているのだが、まずは十万円を何とか貯めるのが先決だ。そうしたら現金書留か何かでバシッと送りつけ、彼に関する一切の記憶を捨ててしまおう。

「礼状を同封して、会社留めにすれば問題ないよな」

あんな無礼な男に、と思うと悔しいが、助けてもらったのは事実だ。あまりに印象が違うのでもしや兄弟と間違えたのか、と狼狽《ろうばい》したが、フルネームで尋ねた際に「沢城陸矢だ」とはっきり答えたのを思い出して一縷《いちる》の儚《はかな》い望みも消えた。

「病院では、大穴を当ててテンションが違っていたのかも」

そうでも解釈しないと説明がつかないが、とにかく二度と会うことはないだろう。いや、頼まれたって絶対に会うものか。軽いけど良い人だと思ったのに、と夕貴は少し悲しかった。

――と。

「こんばんは、藤野夕貴くん」

「あ……」

アパートの前に、見覚えのある青年が立っている。にこやかに挨拶をされ、慌てて夕貴も頭を下げた。確か、陸矢から「榊」と呼ばれていた男性だ。

「待ち伏せのようなことをしてごめんよ。先日は、どうもありがとう」

「え？」

「メモ。本当に助かったんだ。商談相手に関する情報を書き留めてあったんで、あれがないと交渉が上手くいかなかったかも。いろいろ苦労するんだよ、趣味とか好物とかチェックしたりしてさ。うちの社長、愛想がイマイチなんで気を回さないと……って、ごめん、君には関係なかったよな。とにかく、この間はバタバタしちゃったから改めてお礼をと思って」

「そんな、わざわざ良かったのに」

逆に恐縮してしまい、夕貴は何度も首を振った。どれくらい待っていたのかわからないが、もう八時をだいぶ過ぎている。人の好さそうな笑顔に警戒心を解き、上がっていきますか、と言ってみると、だったらさ、と榊は明るく声を弾ませた。

「晩ご飯まだだろ？　良かったら、食いに行かない？」

「え……あ、でも……」

「メモのお礼に奢るから。あと、ちょっと夕貴くんに話もあるし」

「話……ですか？」

そうか、とすぐに納得がいった。本題はこっちで、メモのお礼は口実だったのだ。そうでなければ、「ありがとう」の一言を言うためだけに待ってはいないだろう。

「そういえば俺の住所、どうして……」

「だって、君、沢城社長に教えただろ？　病院で会った時に。お金を借りている以上、身元は明らかにしておきます、とか何とか言って。ほんと、義理堅いんだねぇ」

「そんなんじゃ……」

「ぶっちゃけると、俺は沢城社長の使いなんだよ。でも、俺自身も君にお礼が言いたかったから、この役目を引き受けたってわけ。ほら、この前は社長とろくに話もできなかったろ？」

「………」

怪しい。

怪しすぎる。

大体、「ろくに話もできなかった」のではない。向こうが、聞く耳をまるで持たなかっただけだ。おまけに、小型犬などと暴言まで吐かれた屈辱《くつじょく》は忘れられない。

「ああもう、そんな疑いの眼差しで見つめないでくれるかな」

まいったなぁ、と苦笑し、榊は言い訳するように口を開いた。

「夕貴くんの気持ちは、よくわかるよ。俺も、あの人にはしょっちゅう困らされてるからさ。でも、悪い人じゃないんだよ。それだけは保証する。あと、口が悪いのも……」

「そういう問題じゃないんです」

きっぱりと、夕貴は撥《は》ねつける。毅然《きぜん》とした眼差しに、榊が怯むのがわかった。沢城の部下にしてはユルいキャラクターだが、辛口な上司には案外こういう人が合うのかもしれない。

「沢城さん、俺のこと覚えてないって言いました。でも、普通に考えて十万もの大金を渡した相手を忘れるってありえないです。だったら、あの発言は嘘ってことになる。つまり、沢城さんは俺に関わってほしくないんですよね？」

「え……あ、いや、それは……」

「それを今更……どういう風の吹き回しか知らないけど、人を振り回すのも大概にしてほしいです。こっちは、そうそうヒマじゃないんだ。お金ならちゃんと返しますからって、そう伝えてください。心配しなくても、二度と会いには行きませんって」

「振り回しているのは、どっちだ？」

ドキ、と心臓が音を立てた。

無愛想な声、背の高いシルエット。榊が振り向き様、「しゃ、社長……」と狼狽《うろた》える。

「……こんばんは」

来たな、と身構えながら、夕貴は彼を見返した。

「先日は、どうも失礼しました。でも、急にどうしたんですか。沢城さん、俺のこと覚えていなかったんですよね？　それとも、十万円今すぐ返せって催促ですか」

「どうでもいいが、人を睨みつけるのはやめろ。俺は、話があって来ただけだ」

「睨んでません。沢城さんこそ、偉そうに見下ろすのやめてください」

「それは、おまえがチビだからだろうが」

「な……ッ」

「はいはいはい、そこまでそこまで〜」

たちまち悪くなった空気を察し、榊が急いで割って入る。彼は目線で陸矢を諌《いさ》めてから、わざとらしい愛想笑いを浮かべて夕貴に向き直った。

「あのさ、話っていうのは他でもなくって」

「藤野夕貴、おまえうちで働かないか？」

「え……？」

榊の言葉の最後を奪い、表情も変えずに陸矢が言う。だが、あまりに突拍子もない提案だったせいか、すぐには意味が飲み込めなかった。第一、自分はお礼に行ったのであって、職の斡《あっ》旋《せん》を頼みに訪ねたわけではない。

「あの、言ってることがよく……」

「とりあえず場所を移すぞ。男が三人、夜の路上で立ち話なんて様にならない」

「沢城さん！」

「好き嫌いは？」

踵《きびす》を返しかけた陸矢が、ついでのように訊《き》いてきた。有無を言わさぬ強引さに夕貴は内心呆れたが、気づけば隣で榊がしきりに目配せをしてくる。どうやら、「ここはおとなしく言うことを聞いて」と訴えているようだ。その様子があんまり一生懸命だったので、仕方なく「……ないです」と答えた。

「何だ？　小さくて聞こえないぞ」

「ないです！　好き嫌いはありません！」

半ば自棄《やけ》になって大声を出す。もう、どうにでもなれ、という気分だった。だが、意外にも陸矢はニヤリと笑むと、しごく満足そうな顔をする。

「そうか。好き嫌いがないのは、美徳だな」

「美徳……」

「行くぞ」

初めて見る笑顔にびっくりしている間に、彼はすたすたと歩き出してしまった。

榊の運転する車に乗って二十分。

都心とは思えない静かな住宅街の一角で、そのトラットリアは営業していた。

「ふぅん、沢城のお連れは若いカワイ子ちゃんかぁ」

扉を開けるなり迎えに出たのは、コックコートに身を包んだ陽気な男性だ。日本人離れした華やかな雰囲気と整った容姿の持ち主で、陸矢に対しても遠慮せず軽口を叩いている。咎めるでもなく彼が「いつもの席を頼む」と言うと、すぐに案内のカメリエーレがやってきた。

「沢城様、どうぞこちらへ」

優雅な仕草で促され、陸矢と榊が中庭に面したテラス席へ向かう。だが、夕貴はすぐには彼らの後を追わず、ニコニコと腕を組んでいるシェフへ思い切って口を開いた。

「あの……カワイ子ちゃんって……」

「ん？」

やめてくれませんか、と抗議しようとしたが、品定めするように見つめられて何となく気が失せる。彼も陸矢同様に、人の話を聞かない系の人種のようだ。類は友を呼ぶ、という言葉を脳裏に浮かべていたら、人懐こく右手を差し出された。

「この店のシェフ、御門祥平《みかどしょうへい》です。ようこそ『カルロッタ』へ」

「どうも……ご丁寧に……」

「ちなみに、あの無愛想な男は俺の後輩。ま、今はビジネスパートナーだけどね」

「え、そうなんですか？」

「うん。この店も、あいつのプロデュースなんだよ。経営面のサポートまで一括管理する、最初のテストケースなんだとさ。で、俺は雇われシェフなわけ」

「へぇ……」

雇われ、という言葉は、何だか御門には似つかわしくなかった。見るからにオーラがあるというか、一国一城の主という雰囲気がある。おまけに陸矢の先輩なら、立場的には御門の方が上なんじゃないだろうか。そんなことをつらつら考えていたら、不意に彼が笑い出した。

「な、何ですか、急に」

「ああ、いや、ごめん。えーと、君は……」

「藤野です。藤野夕貴と言います」

「夕貴くんか。君、面白いな。頭の中身が全部顔に出てる」

「えっ」

本当に、と青くなったところを、「ほらほら」とまた笑われる。友人から時々揶揄《やゆ》されることはあったが、初対面の相手から真っ先に指摘されると恥ずかしさも倍増だ。

「す、すみません。あの、別に悪気は……」

「何で謝るの。心の中で何を思おうと個人の自由だろ」

あっけらかんと言い放たれ、そうだけど……と恐縮してしまう。どんな内容にせよ、心の内側を見透かされるのはとても決まりが悪かった。今度は顔に出さないようにしよう、と気を引き締めていると、御門がそっと声を落として「見てごらん」と囁《ささや》いてくる。

「まず、玄関。アーチ型の木の扉を開く。床はしなやかに軋《きし》んで、足元にしっくり馴染む感じ

だ。そこから細い廊下を数メートル進むと、いっきに視界が開けて右手奥が厨房《ちゅうぼう》の扉、左手には一枚板のウェイティングカウンター。その向こうでは熟練のバーテンダーが、食前酒を用意してくれる。更に進むと、中庭を囲むようにテーブル席が広がっている。テラス席はフロアからは死角に位置しているから、商談でも恋人同士の記念日でも、何にでももってこいだ」

「……はい」

「店内を彩るのは、安っぽい曲なんかじゃない。キャンドルの揺らめきと、お客様の談笑するさざめき、それからグラスや食器の軽やかな音色だ。どのテーブルも笑いが絶えず、カメリエーレとの会話も多いだろう？　フロア面積は広くないし、テーブル間にも余裕をもたせているから回転率はそう高くないけど、うちはリピート率が抜群にいいんだ。何でかわかる？」

「美味《おい》しいから、ですよね」

「いや、それは大前提。金を取る以上は、美味しいのは当たり前」

「えっと、じゃあ……居心地……かな」

「居心地？」

「何だかホッとするっていうか、寛《くつろ》いでご飯が食べられそうだから」

夕貴は感じたままを口にしただけだったが、直後に「わかってるね！」と景気よく背中を叩かれた。この人、見た目はチャラいけど体育会系だ、と苦笑いを返すと、御門は自慢げに腕を組み直す。

「この店は、沢城の集大成だから」

「え……」

「言っただろう、あいつがプロデュースしたって。店のイメージ作りやコンセプトから始まって、内装の資材やインテリアに食器、メニューに至るまでほとんど一人で手掛けたんだよ。俺というシェフも、奴のセンスの一つってわけ。ま、こっちもいろいろあって修業していた店から独立しようかと思っていたところだったし、渡りに舟で乗り換えたんだけどね」

「沢城さんが……全部……」

レストラン・プロデューサー——名刺に書かれた文字を思い出し、夕貴は改めて店内を見回してみた。どんな仕事なんだろう、と興味を抱いたものの、その後に会った陸矢のインパクトが強すぎてすっかり念頭から消えていたのだ。

(沢城さんの集大成か……)

それは、本人の仏頂面からは想像もできない、優しい温もりに満ちた空間だった。

木と石を絶妙のバランスで組み合わせた内装は、安らぎと同時に都会の洗練された空気もきちんと味わえる。だから、訪れた客はお洒落が浮くこともなく、それでいて窮屈な思いもせずに料理そのものを堪能できる雰囲気があった。

(単純に、アットホームな感じってわけじゃないんだな)

天井の柔らかな照明はキャンドルと相まって運ばれる料理を引き立て、十五席ほどのテーブルは糊《のり》の効いた清潔なクロスが眩《まぶ》しいほどだ。フロアの向こうでは、ライトアップされた中庭の緑が幻想的なムードを醸し出していた。

目に気持ちの良いカメリエーレたちの動き。

軽やかな響きを生む、質の良い上品なカトラリー。

老若男女、家族や友人、恋人やビジネスマン同士など、あらゆる目的でテーブルを囲む人々は皆、穏やかな笑みを浮かべて食事を堪能している。

「不思議なお店ですね。皆さん、いろんな楽しみ方をしているみたいです」

「気取ったリストランテじゃなくて、トラットリアだからね。気楽に楽しめる方がいいって、二人で話し合ったんだ。ただし、何かの記念やお祝いにテーブルを囲んでも安っぽくならないようにはしたいから、あいつも匙《さじ》加減にはずいぶん悩んでいたよ。その甲斐あって、オープン以来店はたくさんの客の笑顔で溢《あふ》れている」

「素敵ですね……」

「だろ？　人は見かけで判断しちゃいけないよ、夕貴くん」

「へ？」

意味深にニヤリと微笑《ほほえ》まれ、後ろめたいことなど何もないのに焦ってしまう。何のことかと尋ねようとしたら、厨房から出てきたスタッフに「御門さん、サボるのもいい加減にしてください」と強引に引っ張られていってしまった。

「……おい」

一人になった夕貴がポツンと佇んでいると、誰かに後頭部を指で小突かれる。こんな真似をするのは、と眉を顰めて振り返ると、案の定、陸矢が後ろに立っていた。

「おまえ、いつまでラテン男と立ち話をしている気だ。料理の注文ができないだろうが」

「す、すみませんっ」

「どうせ、ろくでもないことを吹き込まれていたんだろう。いいか、あいつの言うことは半分がノリだからな。真面目に聞いていると、後でバカを見るぞ」

「そんな……」

ふん、と背中を向ける陸矢は、心なしか拗《す》ねているように見える。待ちくたびれて不機嫌なのかと思ったが、表情にはさほど苛ついた様子は窺《うかが》えなかった。

(もしかして……照れてる……?)

まさか、と思ったが、何となくその予想は当たっている気がする。夕貴が遅いので迎えに来た彼が、御門との会話を聞いていた可能性はかなり高かった。

(もしそうなら……何か……何か……)

うわ、と思わず頬が熱くなる。

自分まで恥ずかしがる必要はないのだが、陸矢の新たな一面を実感したら妙に嬉しかった。

同時に、やっぱり病院で助けてくれたのは彼だったのだ、と思う。再会時にやたらと冷たかったのも、照れ隠しの一種だったのなら納得がいく。

「おい、何を一人でニヤついているんだ。おかしな奴だな」

「な、何でもないです。あ、榊さんが待ちくたびれていますよね。行きましょうっ」

「あ……ああ」

急に元気になったせいか、陸矢は面食らったように目を瞬《またた》かせる。

今夜誘われた目的も知らないまま、夕貴はご機嫌でテラスへ向かった。

2

ドルチェが運ばれてきた時、テーブルには陸矢と夕貴の二人しかいなかった。

榊が途中で退席したきり、戻ってこなかったからだ。取引先から急な呼び出しがかかったとかで、帰りのタクシーは手配しておきましたから、と言い残すとそそくさと去っていった。

「……沢城さんは、行かなくて良かったんですか？」

さくらんぼとリキュールの入ったチョコケーキを前に、気が引ける思いで夕貴が尋ねる。

お酒に浸した甘酸っぱい果肉と、仄《ほの》かな苦みを残したカカオのスポンジケーキ。その間に挟まれるバラ色の生クリームは、生まれて初めて味わう滑らかな甘さだった。添えられたバニラとチョコのジェラートが、皿の上で溶け合って綺麗なマーブル柄を描いている。

「すっごく美味しそうなのに、気の毒だな……」

ついそんな呟きを漏らしてしまったが、陸矢は「気にするな」とにべもなかった。

「自分の担当する仕事は、最後まで責任を負う。それが、うちのやり方だ」

「でも、深刻なトラブルだったら」

「それを判断するのは榊だ。最終的な決断までできてこそ、仕事を任せる価値がある。何にでも俺がしゃしゃり出て、バカみたいに頭を下げればいいってものじゃない」

「…………」

「本当に手に負えなかったら、ちゃんと連絡してくるだろう」

陸矢の方針は、自分の知る上司たちとはまったく違っていて驚かされる。

夕貴が就職した会社やバイト先も、それぞれ責任者がいて部下のミスやトラブルで奔走するのも珍しくなかったが、誰も彼のように突き放した言い方はしなかった。大体、上の人間が顔を出さないと収まらない現場だってあるのではないだろうか。

「不服そうだな?」

「そうじゃなくて……榊さん、大丈夫かなって思っただけです」

また顔に出ていたのかと、夕貴は急いで陸矢から顔を背《そむ》けた。そのままケーキを口へ運び、余計なおしゃべりはしないように努める。ドルチェはどちらも素晴らしく美味で、テイクアウトできるなら母親への見舞いに持っていきたいな、と思うほどだった。

「うちは少数精鋭で、クライアントと密接な信頼関係を築くところから始めている。榊はまだ新米で、半分は俺の秘書のような仕事をしているが、そろそろ自分の仕事に専念させる頃合いだと思っていた。ま、とりあえずは俺の手がけていた案件を一つ引き継がせてみたんだが、今夜のトラブルは性根を据えるいいきっかけになるだろう」

「はぁ……」

「君はコンビニのバイトだったな。再就職の当てはあるのか？」

「いえ、まだです。早く正社員の口を見つけたいんですけど、高卒だしなかなか厳しくて。沢城さんのように、何かで才能を発揮できるなんて羨ましいです」

「この間、オフィスを訪ねて来ただろう？　履歴書は持参していたのか？」

「え？」

何の話だろう、と不可解な思いに捕らわれ、探るような目つきの陸矢へ問い返す。

「あの、沢城さん……？」

「話がだいぶ戻るが」

「…………」

「君さえ良ければ、榊の後釜として働かないか？」

あれは冗談――ではなかったのか。

この店へ来る前、陸矢から「うちで働かないか」と言われたが、あれきり食事中も話題に出なかったのでてっきりからかわれたのだと思っていた。だが、そうではなかったようだ。彼はジッと視線をこちらに据えて、夕貴の答えを興味津々な様子で待っている。

「は、働くって……沢城さんの会社で？　俺がですか？」

「そう言っている」

「でも、その、俺は資格も経験もないし……」

「年齢は？　成人はしているか？」

「あ、はい。二十歳になりました。だけど、その……」

「今の仕事にやり甲斐を感じているなら、別に無理にとは言わない。だが、うちなら待遇の面では融通を利かせてやれるぞ。お母さんは退院後もリハビリが必要なんだろう？」

　核心を衝かれて、ドキリとした。

　確かに、バイトのシフトをどうしようかと悩んでいたところなのだ。

「うちに来るなら、状況が落ち着くまでは看病を優先してくれて構わない。秘書といっても、さっき言ったように全員が己のペースで仕事をして、必要に応じて協力しあう体制を取っている。その空気に慣れるための、見習い期間みたいなものだ」

「で、でも、俺は免許も持ってないですし」

「…………」

「お店のプロデュースなんて仕事があることも、全然知らなかったし。バイトはコンビニだから普通の恰好してるけど、毎日着ていくスーツも靴もないし……えっと、それと……」

「うちで働くつもりは、毛頭なかったってことか？」

「そんな、そういう意味じゃありません！」

　ぐずぐずと言い訳をする夕貴に、試すような言葉がかけられる。

陸矢の目は本気だった。

「あの、沢城さんのお仕事は面白そうだなぁって思いました。だけど、俺も働けるとか図々しいことを考えていたわけじゃなくて、あの日は本当にお礼が言いたくて」

「それで?」

「だから……その……」

夕貴の脳裏に、先ほどの御門との会話や『カルロッタ』の客たちの笑顔、隅々まで気を配られた独特の空間の居心地などがぐるぐると回り出した。ここで断ったら、それらは自分とは永遠に縁のない世界になってしまうのだ。

(それって、沢城さんともこれきりってことだよな……)

そんなのは嫌だ、と強く思った。

ほんの数時間前まで、二度と会うまいと心に決めていた相手だ。それなのに、この店へ連れて来られてその仕事ぶりを垣間見た今、すっかり気持ちは変わっている。我ながら戸惑うくらい、彼の元で働きたいと思った。生活のためだけでなく、自分が打ち込める仕事を選んでもいいのだと、新しい希望が生まれた感覚に胸が弾む。

「……働きたいです。本当は、そう思っていました」

「本当は……か……」

「よろしくお願いします!」

「――そうだろうと思ったよ」

どこか満足そうな陸矢の声が、頭上から降ってきた。真っ白なテーブルクロスを凝視し、心臓がバクバクいう音を夕貴は聞く。正直、陸矢がどうして態度を軟化させたのか謎だったが、それはまた改めて訊いてみようと思った。

「いつから出社できる？　バイト先はすぐ辞められそうか？」

「ちょうど人が増えたところだし、二週間くらいあれば……」

「そうか。じゃあ、改めて連絡してくれ。今度は、履歴書も用意しておくように」

「はい……あ、そうだ」

「何だ？」

「立て替えていただいた十万、一度には無理なんですが、毎月のお給料から少しずつ引いてくれませんか。あの、沢城さんがそれで良ければ、ですけど」

「え……」

どういうわけか、陸矢は一瞬奇妙な表情をした。

虚を衝かれたような、当てが外れたような、激しく面食らっている様子が見て取れる。あまり喜怒哀楽を顔に出さず、無愛想が定番になっている彼の動揺ぶりは、夕貴をも狼狽させるに充分なものだった。

「あ、あの、すみません。俺、何か変なこと言っちゃいましたか？」

「いや……何でもない」

「でも」

「何でもない」

強情に言い張られて、仕方なく引き下がる。陸矢という人間は、本当に摑みどころがなかった。初対面の軽くてだらしないノリから仏頂面まで、場面によってどんどん印象が変わって見える。さながら、皿の上のマーブル模様のようだ。

「そろそろ出るぞ。家までタクシーで送る」

夕貴がそんなことを考えているとは露ほども知らず、陸矢が担当のカメリエーレにチェックを頼む。一連の動きが手慣れていて、さすがだなぁと感心した。身なりや余裕のある態度からも彼が裕福なのは間違いなさそうだが、ギャンブルは完全に趣味なのだろうか。

「あの、沢城さん」

支払いが済み、扉に向かって歩き出した背中へ何気なく夕貴は尋ねてみた。

「競輪以外に、何かやっているんですか？　競馬とかパチンコとか」

「は？」

「あ、だって、俺に立て替えてくれた十万、競輪で当てたって」

「あれは……気の迷いだ」

心なしか、作ったような声音で陸矢が答える。それきり頑なに振り向かないので、どんな顔をしているのかはわからなかった。見送りに出てきた御門が彼を見るなり吹き出したが、凄まれたらしく、その後は懸命に笑いを堪えていた。

「じゃあ、またね。夕貴くん。はい、お土産」

お礼を言って出る間際、御門が紙袋を手渡してくれる。彼は悪戯《いたずら》っぽい目つきで「ケーキ、気に入ってくれたみたいだから。お母さんにもね」と言ってきた。

「いいんですか。ありがとうございます。嬉しいです！」

「いえいえ、礼なら沢城に。俺は、あいつからのリクエストに応えただけ」

「え……」

先に外へ出てしまったらしく、陸矢の姿はもういない。

ケーキの入った紙袋をそっと抱いて、夕貴はじんわり温かくなる胸に微笑んだ。


「どういうつもりなんですか、沢城社長」

感心しないなぁ、と言わんばかりに、榊が大袈裟《おおげさ》に嘆く。翌日出社してきた彼に、夕貴との間で雇用契約が上手くいった顚末《てんまつ》を話した途端、眉間に皺を寄せて出てきた第一声だ。

「彼が就職の誘いを受け入れたら、すぐにネタばらしをするんじゃなかったんですか？　自分は、十万を出した者じゃない。あれは双子の兄がしたことだって」

「うるさいな。朝からガミガミ言うな」

「俺にはわかってますよ」

冷ややかな目つきでねめつけ、榊は遠慮なく詰め寄ってきた。

「夕貴くんが、金か働き口を目当てに接近してきたのか、確かめようとしたんでしょう？　喜び勇んで食いついて来たら、適当に働かせた後で難癖つけて、さっさとお払い箱にする気だったんじゃないですか？」

「…………」

「それが存外に良い子だったもんで、正体を話すきっかけを失ったんですよね？」

どうです、とドヤ顔で図星を指され、ますます陸矢の仏頂面に磨きがかかる。

非常に悔しいが、ほぼ榊の言う通りだった。あまつさえ、給料から天引きで借金を返すとまで言われてしまって、調子が狂ってしまったのだ。

想定していた展開では、就職の話に飛びついてきた彼を心の中で嘲笑《あざわら》ってやるつもりだった。俺は空矢じゃないし、そっちの魂胆なんかお見通しなんだ、と。重労働を押し付けて、こんなはずじゃなかったと後悔させてからクビにしてやろうと思っていた。

「わぁ、陰湿だな。性格、悪いですねぇ」

「榊、余計なことをあいつに吹き込むなよ」

「しませんよ、そんな恥ずかしい話。でも、打ち明けるなら早い方がいいですよ。空矢さん、ごくたまですけど会社にふらっと顔を出したりするんですから。もしお二人が揃っているところに夕貴くんが鉢合わせしたら、それこそパニックになりかねませんよ？」

「……わかってる」

煩《うるさ》そうに説教を遮《さえぎ》る陸矢だったが、内心は（まずかった）と思っていた。榊の言う通り、あんまり夕貴の反応が素直だったので、真実を切り出すタイミングを見失ってしまったのだ。

「でも、まだ下心なしかどうかわからないだろう。十万は給料から天引きしてくれ、とか殊勝なことを言ったのも、俺の信用を勝ち取る作戦かもしれないし」

「よくまぁ、そこまで穿《うが》った見方ができますね」

榊は心底呆れ返った様子だったが、やがてしみじみとした顔になる。

「でも、社長の気持ちもわからなくはないです。俺は、ずっと近くで見てきましたから」

「………………」

「人を見る目は確かなはずのあなたが、そこまで頑なに夕貴くんを疑うなんて悲しいことですけどね。でも、一緒に働くようになれば違うかもしれませんよ。俺は、あの子に期待します。理由はどうあれ、俺の後釜なんですから」

そう言って明るく笑う榊に、陸矢は何とも言えない気分を嚙《か》み締めた。

一度でも食事を共にすれば、相手の性根なんてすぐに見えてくるものだ。

だから、夕貴を食事に誘った。

その時の振る舞い如何《いかん》で、こちらの出方も決めようと考えていたからだ。うちで働かないかと揺さぶりをかけ、どんな反応をするのか確かめてみたかった。

（結果は、良かったのか悪かったのか……）

デスクに座ってパソコンの画面を見つめ、陸矢は溜め息をつく。

夕貴は、恐らく純粋にお礼を言うつもりだったのだろう。おまけに、一緒に食事をして気持ちの良い子だった。躾がきちんとされているのか姿勢も良く、出されたものは美味しそうに食べ、食材や味に興味を持ったら素直に運んできた相手へ感想を述べる。食べる速度も周りに自然と合わせ、ワインの飲み方にも若い子にありがちな気負いや下品さは見られなかった。

（普通は、もう少し緊張か無理を感じるものだがな）

友人や身内相手ならいざ知らず、彼にとって陸矢は警戒すべき人間なはずだ。それでなくても「あなたは威圧感があるんだから、せめてもう少し笑顔が作れませんか」と、榊からしょっちゅう言われているのだ。でも、夕貴は臆《おく》したところもなく食事をちゃんと楽しんでいた。

「とにかく、夕貴くんが働くようになったら一刻も早く打ち明けるんですね。悪いことは言いません、ややこしいことになる前に。いいですか、社長？」

「わかったと言っているだろう。だが、おまえは黙っていろよ。社内でこのことを知っているのは、おまえだけなんだからな、榊？」

「告げ口みたいな真似はしませんよ」

心外な、という顔で榊は言い、アポがあるので、と社長室を後にする。やれやれと嘆息し、陸矢は散らかった榊のデスクをボンヤリと眺めた。

『でも、社長の気持ちもわからなくはないです。俺は、ずっと近くで見てきましたから』

痛いところを衝かれたと、ほんの少し苦々しく思う。

いつからだろう。近づいてくる人間を、心の底から信用できなくなったのは。

理屈ではわかっていても、どうしても穿った見方をせずにはいられない。それに、大抵の場合は嫌な予感が的中した。だからと言って人間不信というほどではなく、ちゃんと信頼できる相手だって存在するのだが。

(自分だって、二十歳のガキを騙しているくせに)

自嘲めいた笑みを刻んで、陸矢は仕事へ頭を切り替えた。


陸矢の会社『ヨクサル』へ就職する前に、母親の実代子が無事に退院の運びとなった。

本人は至って元気で、リハビリで通院するのも一人で平気だと張り切っているが、最初の内はやはりそうもいかない。何日か母に付き添って新しい生活のリズムを作り、合間にバイト先へ辞める報告と店長への礼を済ませて、ようやく正式に出社一日目がやってきた。

「藤野夕貴です。よろしくお願いします」

榊から社員へ紹介され、やや緊張気味に頭を下げる。少数精鋭、と陸矢が言っただけのことはあり、社員は全部で二十人にも満たなかった。平均年齢も若く、男女取り交ぜて二十代後半から三十代後半まで、いろんなタイプの人間がいる。榊に言わせると、いずれも陸矢が自ら見つけて引っ張ってきた才能の塊たちなんだそうだ。

「というわけで、夕貴くんもその一人になるんだけどね」

「そんな、俺なんか素人なのに」

「それは社長もわかっていて声かけたんだから、気にしても仕方ないよ。それより、ここが君のデスクな。社長の秘書からスタートなんで、常に身近で目を光らせてること。あの人、たまに暴走するから気をつけて。あと、わかってると思うけど愛想がなさすぎるから、空気読んで〝まずいな〟って思ったら夕貴くんが潤滑油になること」

「じゅ、潤滑油って具体的にどうすれば……」

「う〜ん、社長の機嫌を良くさせるとか？　大体の取引先は、社長のセンスに惚《ほ》れ込んで依頼してくるから些細《ささい》なことは気にしないけど、新規のところは面食らったりするからね」

子どもみたいだろ、と苦笑しながら榊は言うが、その顔はどこか自慢げだ。それだけの勝手を許されるほど、陸矢の才能が認められているからだろう。

『ヨクサル』のオフィスは、五階建てのビルの四階部分を借り切っている。ただでさえ少ない社員は出払っていたり出張も多いため、意外なほど社内は閑散としていた。全員のスケジュールは各々がホワイトボードに書き込む決まりになっているが、陸矢の言葉通り一人一人が独立営業しているようなものなので、全部を把握しておく必要はないと榊に言われる。

「俺がチェックしておくのは、沢城さんの予定だけでよし……と」

一通り案内してから榊も自分の仕事に出てしまい、社長室にポツンと夕貴だけが残された。肝心の陸矢は出社前に寄るところがあると言って、まだ姿を見せていない。

「……本当にいいのかな、俺なんかで」

勢いで受けてしまったが、考えれば考えるほど不安だ。採光性抜群のガラス窓に映る姿は、着慣れないスーツが見るからにぎこちない。

「似合ってないよなぁ」

高校を卒業して就職した際、スーツは量販店で二着用意した。しかし、貿易会社といっても海外の雑貨を輸入してショップへ卸したりネットで販売したりする程度の規模だったので、すぐにスーツなど必要ないことに気が付き、それ以来ほとんど袖を通していなかった。

「『ヨクサル』の社員さんも服装は自由みたいだけど、榊さんは秘書兼任だからスーツ着用だよな。だから、やっぱりスーツでないとまずい……とは思うんだけど……」

「おまえ、一人で何をブツブツ言ってるんだ?」

訝《いぶか》しげな陸矢の声に、たちまち夕貴は背筋を伸ばした。いつの間に部屋へ、と尋ねる間もなく、彼はいきなり二の腕を掴んでくる。

「ほら、行くぞ」

「えっ」

「遊びに来たわけじゃないだろうが。さっさとしろ」

ぐいぐいと引っ張られ、何が何だかわからないままオフィスを出た。途中ですれ違う社員たちは、警察に補導される家出少年といった構図に一様に苦笑いを浮かべている。陸矢はお構いなしにエレベーターへ乗り込むと、ようやく腕を離してくれた。

「そんな……」

「あ?」

「そんな乱暴な真似をしなくても、俺、逃げたりしませんよ」

「…………」

「社長なんだから、来いって命令してくれれば」

控えめに抗議したつもりだったが、何故だか陸矢は押し黙ってしまう。余計なことを言ったかな、と窺って見た横顔は、ひどく気まずそうだった。

「ほら、さっさとしろ」

一階でエレベーターを降り、ビルの外へ出た陸矢は行き先も言わずにどんどん歩いていく。

どうやら、徒歩で目的地に向かうようだ。運転免許を持ってないことを申し訳なく思いながらついていくと、二十分ほど歩いた先に品の良い店構えのテーラーが見えてきた。街路樹の紅葉がクラシックな趣に色を添え、まるで映画のセットのようだ。こんなところ一生縁がないな、と溜め息をついた時、陸矢がおもむろにこちらを振り向いた。

「今日は、おまえのスーツを作る」

「え？」

「スーツだけじゃない、シャツと靴も誂《あつら》える。どんなものかと案じていたら、やっぱり学生のノリが抜けていないからな。それじゃ、うちの社員として俺が恥をかく」

「そんな……ちょっと待ってください。俺、そんな余裕は……」

「心配しなくても、福利厚生だ」

「…………」

あんまり堂々と言われたので、一瞬本気で信じかけた——が、そんなバカなことあるわけがない。制服じゃあるまいし、一流の店で誂えるスーツが会社の支給品なんてありえなかった。夕貴の意見などハナから求めていないらしく、そのまま陸矢は店へ入っていく。どうしようかと迷ったが、「逃げたりしない」と口にしたばかりなのを思い出した。

「ああもう、しょうがないな」

何を考えているのか、本当にちっともわからない。

半ば自棄くそな気持ちで覚悟を決め、夕貴も後に続いて店内へ足を踏み入れた。

「いらっしゃいませ」

柔らかな老紳士の声音《こわね》は、別世界へと誘う案内人のようだ。

決して大袈裟ではなく、本気で夕貴はそう思った。ふかふかのバラ色の絨毯《じゅうたん》、低く微かに流れるヴァイオリンの音色、そして目に飛び込む様々な生地。まるきり未知な世界なのに、ひどく居心地が好くて癒される。

「朝一番で沢城様から注文を受けましたので、お客様に似合いそうな生地を用意してお待ちしておりました。どうぞ、採寸しますのでこちらへ」

「……沢城さん」

「何だ?」

「スーツって、まさかオーダーメイドですか……」

「当たり前だろう」

何を今更、と言わんばかりの答えに、いやいやいや、と夕貴は激しく首を振った。

「ちょっと待ってください。こんなの福利厚生とか通用しませんからっ」

「そこにこだわっていると、話が先に進まないぞ」

「進まなくていいですっ。だって、俺にはこんなの勿体《もったい》なさすぎる」

「……藤野」

「何ですかっ」

「俺がいいと言ったら、いいんだ。グダグダ言ってると、ここでそのスーツをひん剝《む》くぞ」

「じょ、冗談……」

真顔でとんでもないことを言われ、文句が喉に張り付いた。しかし、陸矢なら本当にやりかねない。直感でそう思った夕貴は、観念して老紳士を見返した。

「お願い……します……」

「かしこまりました」

もしかしたら、陸矢のこういった横暴な振る舞いに免疫があるのだろうか。老紳士は少しも動じずに、にこやかな微笑で夕貴を奥の採寸室へ案内していく。けれど、下手をしたら一着で数ヶ月分の給料が飛ぶ値段じゃないかと思うと、自分持ちではないと言われても無邪気に喜ぶ気持ちにはなれなかった。

「あの、沢城さんはいつもここで社員のスーツを作っているんですか？」

メジャーであちこち計られながら、こそばゆさを我慢して訊いてみる。

「とんでもございません。他の方をお連れになったのは、今日が初めてですよ」

「やっぱり……福利厚生とか嘘ばっかりだ」

「ああいう、おかしな理屈を持ち出して我を張るところは、お小さい頃から変わりませんね」

「小さい頃？　沢城さんのですか？」

笑みを含んだ呟きに、夕貴は軽い驚きを隠せなかった。陸矢の子ども時代など想像できないが、彼も人間である以上、もちろん少年時代はあっただろう。

「私は昔、銀座《ぎんざ》の店に勤めておりまして、沢城様のお父様の代から贔屓《ひいき》にしていただいているのです。独立して店を構えてからは、ずっとこちらへ通ってくださって。沢城様がたまたま近くにオフィスを開いたからと仰って、時折美味しい菓子などを持って訪ねて来てくださるんですよ。年寄りには、ささやかな楽しみです」

「お父さんの代ってことは、お家もお金持ちなんですね」

「沢城家は、旧家でいらっしゃいますから」

「旧家……」

そつのない返事に、ストレートな言葉をぶつけた自分が恥ずかしくなる。だが、陸矢の物腰は確かに成金っぽくはなかった。正確には初対面のアロハ姿はどうかと思ったが、スーツを着ると別人のように品が生まれている。俺サマな態度には閉口するが、それでも嫌悪を感じない理由はその辺にある気がした。

「ほう、さすがは沢城様だ」

一通りの採寸を終え、注文票に書きつけながら老紳士が感嘆の声を上げた。

「朝に来店された時、あなたの大まかなサイズを仰っていかれたんですよ。身長から筋肉の付き方、手足の長さ、外見的な特徴などをね。それで、私も生地を選びやすかったのですが」

「もしかして……」

「ええ。サイズの方は、ほぼ誤算なしでした。実に確かな目をお持ちだ」

「………」

ちょっと待て、と心の中で夕貴は思う。

手足と身長はともかくとして、筋肉の付き方までわかるのはどういう理屈だ。間違っても彼の前で裸体を曝《さら》したことはないし、何より会ったのは食事を入れてたったの三回だ。

（それなのに、四回目の今日にはサイズを……）

老紳士はしきりに誉めそやすが、どういう特技だとツッコみたかった。男だからまだしも、もし自分が女子社員だったらセクハラに値するんじゃないかと思う。

（あ……そうとばかりは言えないか）

ふと、以前に観たロマンティックな映画を思い出した。サプライズでヒロインがドレスをプレゼントされ、サイズがぴったりよ、と感激している場面だ。現状に置き換えればドレスがスーツになっただけで、シャツや靴まで揃えると言われているのだから似ていなくもない。

（い、いやいや違うだろっ。何、自分をヒロインに置き換えてんだよっ）

うっかり納得しかけた自分を、真っ赤になって戒めた。サイズを当てるより、そっちの発想の方がよっぽど不健全だ。しっかりしろ、これは仕事着なんだ、とくり返し、やっと冷静さを取り戻した。

「では、仕上がりは三週間後で」

「急がせて申し訳ない。よろしくお願いする」

「いえいえ。こんなにお若い方に私のスーツを着ていただけるなんて、非常に喜ばしいことですよ。優しいお顔立ちですから、柔らかなラインの御仕立てにしましょう」

レジで会話する陸矢の手元には、採寸中に選んだシャツやネクタイが数セットある他、すでに仕立て上がったスーツが一着置かれていた。一見して細身なので、彼のものではないとわかる。恐らく注文品ができるまでの間、こちらで間に合わせろということだろう。

（どれだけ金を使う気だよ……）

カードを渡してやり取りする光景を横目で見ながら、夕貴は感謝というよりはひたすら呆れていた。既製品とはいえ、量販店で買うものとは生地も仕立てもまるで違う。いくら秘書として相応《ふさわ》しい格好をしてほしいからといって、少々常軌を逸した行為だ。

「あの……」

老紳士に見送られ、包まれた品々を両手で抱えながら夕貴は言った。

「沢城さん、一つ訊いてもいいですか」

「内容による」

「どうして、俺にこんなにお金を使うんです？」

無視して畳み掛けると、先を歩く背中が僅《わず》かに反応する。

答えるかな、と半信半疑で待っていたら、彼はいきなり足を止めて振り返った。

「実は、俺は……」

「は、はい」

「…………」

「沢城……さん？」

「……何でもない。それと、俺のことは〝社長〟と呼べ」

「あ、そうでした。すみませんっ」

いけない、と慌てて頭を下げると、その間に再び背中を向けられてしまう。体《てい》よくごまかされた気がしなくもないが、これ以上追及すると機嫌を損ねそうだ。

もう少し距離が近づいたら、次は教えてくれるかもしれない。

そんな日が本当に来るのか疑問ではあったが、頑張ってみよう、と夕貴は思った。


おお、と出社した夕貴を見るなり、榊が目を丸くする。

昨日、陸矢に揃えてもらったスーツ一式を身に着けてみたのだが、通勤中から明らかに周囲の見る目が違っていた。それが自意識過剰でなかったのが、彼の反応でよくわかる。

「すっごいな、夕貴くん。見違えるほど、大人っぽくなったね」

「本当ですか？　何か、分不相応なものを着ているみたいで……」

「そんなことないよ。うん、真面目すぎず砕けすぎず、安くはないがこれ見よがしなブランド品でもない、そんな絶妙な感じが凄くいいね。それ、沢城社長の見立てだろ？」

「はい、そうです」

「やっぱりなぁ～」

うんうん、と一人で納得している榊に、あれ、と夕貴は引っかかるものを感じた。

「やっぱりって、榊さんも見立ててもらったことがあるんですか？」

「そうだよ。俺、沢城さんの二年後輩なんだよね。大学を出てしばらくフリーターやってたんだけど、うちへ来ないかって声をかけてくれてさ。映研で俺の作品、よく観ていてくれたからセンスはわかってるって。で、貧乏なんでスーツとか買えませんって言ったら……」

「……そ……なんだ」

「夕貴くん？」

みるみる表情が曇っていくのを見て、榊が驚いた顔をする。けれど、夕貴自身にも理由はよくわからず、戸惑いばかりが大きくなっていった。福利厚生、なんて言うくらいだから他の社員にスーツを誂えていても不思議はないのに、どうしてこんなにも心が沈むんだろう。

「あの、ごめん？　俺、何か悪いこと言っちゃったかな」

「え？　そんなこと全然ないですよ？」

「いや、でもさ……」

「嫌だな、気にしすぎですよ。あ、そろそろ沢城さん……じゃない、社長が出社されますね。今日のスケジュール、ちゃんと確認しておかなきゃ！」

暗い感情を見抜かれ、夕貴はひどく情けなくなった。

自分だけがスーツを作ってもらったわけではないからって、落ち込む方がどうかしている。むしろ、気持ちの負担が軽くなって安堵してもいいくらいではないか。

「ああもう、調子狂っちゃうな。しっかりしなきゃ」

不甲斐ない己を叱咤《しった》し、両頬を叩いて気合いを入れ直す。今日から、本格的に仕事が始まるのだ。子どもじみた感傷は忘れて、やるべきことに目を向けなくては。

「おはようございます、沢城社長」

外回りに出て行った榊と入れ替わりに、社員の挨拶が陸矢の出社を告げた。次々と同様の声がして、軽快な足音が近づいてくる。社長室に控えていた夕貴は素早く深呼吸をすると、ドアが開くなり深々と頭を下げた。

「おはようございますっ」

「……驚かせるな」

誰もいないと思ったのか、開口一番叱られる。幸先悪いな、としょんぼりしかけたが、この程度でへこんでなどいられなかった。

「あの、どうでしょうか。スーツ、着てみたんですが」

「昨日よりは、ずいぶんマシになった」

「さっき、榊さんにも褒められました。あの人も、社長にスーツを見立ててもらったって」

「ああ。それまでネクタイも締めたことがないって、おかしな自慢していたんだ」

「そうですか……」

「どうした？」

言葉少なに俯《うつむ》く夕貴に、陸矢が怪訝そうに尋ねてくる。しかし、自分でも理由がよくわからないので説明のしようがなかった。しっかりしろ、と言い聞かせ、笑顔を作って顔を上げる。仕事の場で感情をダダ漏れにしたら、せっかくのスーツが台無しだ。

「何でもないです。スーツ、母にも凄く好評でした。ありがとうございました」

「いや……」

「ただ、やっぱりいただいてしまうのは心苦しいです。仕立てていただいている分や靴とかシャツも入れると俺の給料では全然足りないんですが、何かお返しする方法はないでしょうか。その、十万円のこともあるので……」

「返さなくていいと言っているだろう」

「でも……」

「いい加減しつこいぞ。おまえは、人の好意も素直に受け取れないのか」

「…………」

思いの外強い口調で言われて、でも、の先が口に出せなくなった。

確かに、自分は依怙地《いこじ》になっているのかもしれない。

返せない好意なら、最初から受けなければいいだけのことだからだ。ムキになれば相手だって気分が悪いだろうし、我を通したところで誰も楽しくなんかならない。

「すみません……でした」

他に言うべき言葉も思い浮かばず、夕貴は小さく呟いた。

「今日のスケジュール、確認をお願いします。午前十時、Aデザインルームの左内《さない》さん来社、ランチは緑川《みどりかわ》フードの下見を兼ねて丸の内の『プリンゼ』を予約してあります……」

「おい」

「夕方になったら、岸谷《きしたに》ショールームの方がサンプルを持ってくるそうです。その後……」

「おい、藤野」

苛ついたように右肩を掴まれ、軽く揺さぶられる。ハッとして目線を上げると、すぐ間近から陸矢がこちらを見下ろしていた。チビだから、とバカにされたことが頭を掠め、咄嗟《とっさ》に振り払おうとしたが敵わない。どうして、と戸惑うほど、掴む指は力強かった。

「何するんですか、いきなり。俺、何か間違えましたか？　榊さんに教わった通りに、やっているつもりなんですけど」

「わざとらしく、よそよそしい口を利くな。ガキっぽい奴だな」

「は？　それは社長の方じゃないですか」

カチンときたまま堪えが利かず、つい口ごたえをしてしまう。

「沢城さんには、わかんないですよ。与えられるばっかりで、何も返せない歯がゆさなんか。そりゃ、お金がないのは俺の問題だし、保証金もスーツも助かりましたけど。でも、当然って顔でもらえるわけないじゃないですか。だから、せめて俺にできることはないかって」

「おまえにできること？」

「そうですよ。なのに、しつこいとか言うし」

「…………」

「ありがとうございましたって、へらへらできるほど神経太くないです」

ああ、ダメだな――次々と文句を口にしながら、夕貴の胸は自己嫌悪で一杯になった。

嘘は言っていない、けれど陸矢に悪気がないのもわかっている。上等なスーツは仕事に必要だし、うちへ来いと誘った責任上、用立てるのが義務だと思ったのだろう。

そうだ、陸矢は悪くない。

何度も、胸の中で反芻した。

勝手に特別扱いされたと思い込んだ自分が、少し浮かれていただけの話だ。

「……まったく」

陸矢が、深々と溜め息をついた。

「藤野、おまえはガキのくせにあれこれ小難しく考えすぎだ」

「し、失礼ですね。俺、もう成人してるんですから」

「だけど、大人じゃないだろう」

「………………」

大人ですよ、と言い返したかった。

母親の負担にならないよう、ずっとそれだけを考えて生きてきたんですから、と。

早く一人前になって母親を助けてあげたくて、懸命に前ばかりを見て今日までやってきた。

こんなの、子どもには無理でしょう？

「そうやって、何もかも一人で背負おうとするな」

陸矢が、ぶっきらぼうな口調で言った。

「おまえは、頑張らなくていい」

「え……」

彼が何を言ったのか理解するまでに、少し時間がかかった。何故なら、そんな言葉を他人から聞いたのは初めてだったからだ。周囲の人は皆、夕貴の頑張る姿を見て「偉いね」とか「母親思いだね」とは言ってくれたが、「頑張るな」とは言わなかった。

「確かに乱暴で傲慢《ごうまん》な親切だったかもしれないが、俺は悪かったとは言わないぞ」

またもや、理解不能なセリフが陸矢から飛び出す。

キョトンとして目を瞬かせる夕貴に、いくぶん決まりの悪そうな顔で彼は言った。

「正直に言うと、俺も少し気分が良かった。藤野に、スーツを作ってやることが」

「どうして……」

「さぁな。よくわからない。でも、仕事に必要だというだけで、あの店のスーツをオーダーしたりはしない。あそこは、俺のとっておきの場所なんだ」

「とっておきの場所……」

あ、と老紳士のセリフを思い出す。

陸矢が、あの店へ他の人間を連れてきたのは初めてだ、と言っていた。

「あの、でも」

「何だ?」

「榊さんにも……作ったんじゃ……」

「は? どうして、ここに榊が出てくるんだ?」

本気でわからないのか、陸矢が面食らった表情になる。だが、すぐ先刻の会話に思い至った様子で、何が可笑《おか》しいのかふっと口許を緩めた。

「おまえ、もしかして俺が榊にもスーツを作ってやったとか思ったのか？」

「違うんですか……？」

「あのなぁ、社員にいちいちそんな真似をするわけないだろうが。あいつの場合は、よその店で見繕って出世払いにしてやったんだ。とっくに完済してるけどな」

「だって、俺には……」

「おまえは特別だ。決まってるだろう」

「え……」

どきん、と鼓動が大きく胸を叩く。

どういう意味だろう、と咄嗟に尋ねようとしたが、唇が上手く動かなかった。ただ「特別」という言葉だけが膨らんで、夕貴の心を掻き乱していく。

注がれる視線に居心地が悪くなったのか、陸矢はすぐに笑みを引っ込めた。代わりにいつもの仏頂面で、言い訳がましく「特別っていうのは」と付け加える。

「別に、そんな深い意味じゃない。要するに、榊より手がかかるってことだ」

「それだけ……ですか」

「いちいち絡むな。とにかく、俺はおまえ以外にスーツを誂えてやった奴はいない。まして、榊なんて問題外だ。あいつは、いざとなれば質草にしかねない。趣味で自主映画やってて、常に予算不足を嘆いているからな」

「そう……ですか……」

へなっと、全身から力が抜けていきそうだ。かろうじて平静を保ちつつ、夕貴は陸矢の顔を見返した。どうして俺がこんな説明を、とブツブツ毒づいている様子が、何だかひどく身近に感じる。彼が口にした言葉のいくつかは、間違いなく夕貴の心に甘く根を下ろしていた。

『そうやって、何もかも一人で背負おうとするな』

『あそこは、俺のとっておきの場所なんだ』

『おまえは特別だ、決まってるだろう』

思い返しただけで、不思議な心地好さが胸を満たす。

元気が出てきて、背筋がしゃんと伸びる気がする。

「朝から、とんだ時間の無駄遣いだ。おい、藤野。スケジュールもう一度」

「はい！」

今度は、元気よく返事をすることができた。

「へぇ。じゃあ、まだ打ち明けてないんですか。社長、それはまずいですよ～」

母親のリハビリに付き添うため、早めに退社した夕貴に代わって榊が社長室にやってくる。

スーツを巡る朝の会話が微妙に引っかかっていたのか、陸矢から事の顚末を聞いた彼はようやくすっきりした顔になっていた。

「でも、可愛いですねぇ。俺に嫉妬《しっと》したのかな、夕貴くん」

「榊、嬉しそうだな」

「そりゃあ、悪い気はしないですよ。でも、やっぱりまだまだだなぁ。俺のスーツ、どう見てもあの店のオーダーには及ばないのに。そんなことも気づかないなんて、よっぽど冷静さを欠いていたんですかね。社長、いたいけな青少年をたぶらかしちゃダメですよ」

「人聞きの悪いことを言うな。俺はただ……」

「はいはい、誤解を解かずに空矢さんに成り済ましていたお詫《わ》びに、スーツの一着でも作ってあげようと思ったんですよね。でも、言えずじまいだった、と」

「……俺は、そんなにわかりやすいか……?」

「だって、社長とは学生時代からの付き合いですからね。そんなことよりも、何度も言うようですが時間がたつと……」

途中まで言いかけて、榊は口をつぐんだ。何度も念を押さずとも、陸矢が一番まずいと思っているのは明白だからだ。実際、どうして嘘をつき通すのか陸矢自身にもわからなかった。

（くそ、あの目玉だな。人を信じきったような黒い目玉が、どうにも苦手なんだ）

陸矢にとって、夕貴のような人種は異色だった。異星人と言ってもいい。真正直で隠し事ができなくて、くるくると表情がよく変わる。だから、その目を見るだけで彼が自分へどんな感情を抱いているのか訊くまでもなく伝わってきた。

（あいつ、俺を空矢だって信じきっている）

ありえない、と微かな怒りすら覚えた。

あの軽薄で無責任な男と、どうして自分が同一人物だと思えるのか。けれど、夕貴の目を見てしまうと今更人違いだとはなかなか言い難かった。その後の面倒な展開が予想できるだけに、余計にためらいが勝ってしまう。

「そうですよね。人違いをした相手の会社に、言い方悪いけどちゃっかり入っちゃったんですからね。あの子のことだから赤くなったり青くなったりして激しい自己嫌悪に陥った挙句、社長の前から逃げ出すかもしれません」

やれやれ、と溜め息混じりに榊が首を振り、的確な予言を口にした。

「おまけに、本当の恩人である空矢さんが、どんな人間かも知っちゃいますね。これまで彼が作った借金を全部社長が肩代わりしているとか、どんな仕事も三日ともたずにすぐバックれちゃうとか、ギャンブル好きで社長の名前で女性をナンパしては遊び回ってるとか」

「…………」

「夕貴くん、潔癖そうだから〝だったら今すぐ十万円はお返しします！〟なんて血相を変えて言い出しそうですよね。そのために、すっごい無茶とかしそうですし」

「…………」

どんどん眉間の皺が深くなる陸矢へ、彼は同情たっぷりの眼差しを送る。

「だけど、やっぱり嘘は良くないですよ。ただでさえ、社長に心を許し始めてるっぽいんですから。傷は浅い内にって、よく言うじゃないですか」

「心を許す？　冗談だろう」

「へ？」

「何だかんだ、すぐ俺に文句を言ってくるんだぞ。スーツの件だって、内心迷惑そうだった。へらへら物をもらえるほど図太くない、とか意味不明なこと言ってくるし」

「……社長」

榊が、呆れ顔のまま絶句した。

本当のことを言っただけなのに、どうしてそんな顔をされるのかと陸矢は憮然とする。何をしてやっても夕貴が素直に喜ばないのは、厳然たる事実だ。

「俺、さっきも言ったように昔から社長のことはよく知ってますけど……」

心の底からしみじみと、感慨深そうに彼は言った。

「本当に、不器用っていうか、面倒臭い人ですよねぇ」

3

母親の看病のため融通を利かせてもらっている分、夕貴はますます熱心に仕事へ励んだ。榊に基本的な業務内容を教わった後は、『ヨクサル』の業績や評判、手がけた仕事に関しての情報をできるだけ入手し、頭に叩き込むようにする。同時に、飲食店のプロデュースという職業柄、どうしてもフード業界の内情にも詳しくなる必要があったので、とにかく学ぶべき事柄はいくら時間があっても足りないほどだった。

「ふぅん、そんなに頑張ってるのかぁ」

一ケ月ぶりに顔を合わせた御門が、どうぞ、とエスプレッソのカップを運んでくる。相変わらず、コックコートがよく似合っている男前だ。モデルがグラビアの企画でコスプレしていると言われたら、うっかり信じてしまうだろうなぁと夕貴は思った。

「でも、社長にくっついて現場から現場に移動するだけで実務での経験値はゼロなんです。だから、あんまり役に立っているとは言えないんですけど……」

「まぁまぁ、焦らなくても。で、秘書としてはどうなんだよ、沢城？」

「普通だ」

小さなカップをいっきに傾け、素っ気なく陸矢が答える。何がツボなのか御門は腹を抱えて笑ったが、夕貴はしょんぼりと肩を落としてしまった。

（うう、確かに俺は運転手としてすら機能してないけどさ）

榊の手が空いている時は彼が社用車を運転するが、概ねは陸矢が自分で運転している。特に不満そうではないし、彼の運転はとても滑らかで乗り心地が良かったが、助手席の夕貴はいつも心苦しさで小さくなっていた。母親が元気になったら教習所へ通おうかな、と考えているのだが、先立つものがないだけにいつになるやら、と憂鬱になる。

「そうだ、夕貴くん。いいもの見せてあげようか」

「え？」

浮かない顔つきを見られたのか、御門が明るく笑いかけてきた。

「ちょうどディナータイム前の仕込み時間だからさ、いろいろ食材が届いているんだ。うちのスタッフを手伝って一緒に運んでくれたら、下準備のあれこれを教えてあげるよ」

「いいんですか？」

「もちろん。いいよな、沢城？」

「次の予定まで四十分だ。それまでに終わらせろよ」

「はいっ」

先刻までの物思いはどこへやら、張り切って夕貴は椅子から立ち上がる。厨房のバイトは学生時代に経験済みだが、これほど本格的な店は初めてだった。御門はスタッフを一人呼ぶと、夕貴に着替えと消毒をさせるよう指示を出し、頑張れよ、と送り出す。有機野菜の納品に業者が来るはずだから、裏口で待機しているようにと言われた。

（御門さん、いい人だな。頑張らなきゃ）

弾む足取りで、着替えるために奥の部屋へ向かう。少しずつでもいい、勉強と経験を積んでいって一日も早く陸矢に信頼される部下になりたかった。そうすれば、変な意地など張らずに仕立ててもらったスーツを堂々と着られる日も来るだろう。

（見てろよ。〝普通〟なんて絶対に言わせないからな）

気合いを入れ直し、夕貴はぐっと右の拳《こぶし》に力を込めた。

軽トラックが裏口の前へ横付けされ、小柄な中年男性が運転席から降りてくる。有機野菜の納品と言うからてっきり農家の人かと思ったが、それにしては少し雰囲気が違っていた。

（あれ……何だろ、この違和感……）

得体の知れないモヤモヤに、夕貴はつい相手を食い入るように見てしまう。どこがどうとは言えないのだが、少なくとも野菜を作っている本人ではなさそうだ、と思った。

（あ、そうか。手が荒れてないんだ）

どうもどうも、と迎えに出たスタッフと握手をかわしている右手は、まるでデスクワークをしているように柔らかそうだ。土仕事とは切り離せない荒れも傷もなく、違和感の正体はそれかと納得した。

「大原《おおはら》さんは、今日はいらっしゃらないんですか」

「そうなんですよ。風邪、ひいちゃったとかで。今日だけ臨時で私が頼まれたんです。ちょうど、私も自分の野菜をよそに納品してきたところでね」

「陽が落ちると、夜は冷えるようになってきましたもんね。お大事にってお伝えください」

「はい、ありがとうございます。で、こちら運んじゃっていいですかね」

スタッフと男性の会話で、いつもは「大原さん」という人が納品に来ているとわかった。代理だったのか、と少し安堵して、夕貴も急いで荷台へ近づく。大小の箱から土の匂いと、はみ出した菜っ葉が見えていたが、そこでまた何かが引っかかった。

（う～ん……）

若干、萎《しお》れているような気がしなくもない。

だが素人判断だから自信はないし、よその店のことで口を出すわけにもいかなかった。御門が契約した農家なら信頼できるだろうと、夕貴は無理やり自分を納得させる。けれど、次に目にした玉葱《たまねぎ》の箱には思わず「え?」と声が出てしまった。

「『ヨクサル』さん、どうかしました?」

ズッキーニの箱を抱えたスタッフが、足を止めて尋ねてくる。

「うん、あの……玉葱なんですけど……」

「あ~……ちょっと傷が多いかな。でも、個人農家と契約してるとこういうのも……」

「そうじゃないんです。すみません、ちょっといいですか」

男性に聞き咎められないよう、声をひそめて夕貴は続けた。

「俺も最近知ったばかりなんですけど、この傷って自然についたものじゃないですよね」

「え?」

「傷のつき方に法則があるっていうか。あと、虫に食われたとかぶつけたとかじゃなくて、擦り傷みたいな気がします。これ、ネットに詰められてできた傷じゃないかな」

「ネット? いや、そんなはずないですよ。契約農家が畑から収穫して、そのまま箱詰めにして配達してくるんだから。今日は担当の人じゃないけど、でも……」

「ちょっと、お兄さん。うちの野菜に、何か文句でもあるのかな?」

二人でコソコソ話していたので、さすがに目についたらしい。男性がぬっと顔を出し、いくぶん険しい声で割り込んできた。剣呑な目つきにスタッフが怯み、「いえ、何でも」とごまかそうとしたが、相手の過剰な態度に夕貴の疑いは深くなった。

「すみませんが、これって大原さんの畑から直送されているんですよね」

「当たり前だろう。何だい、おかしなイチャモンつける気かい？」

「そうじゃないですけど……すみません、少し待っていただけますか。今、責任者の御門さんを呼んできますから。ちょっとだけお時間を……」

「おいっ！」

がしっといきなり腕を摑まれ、乱暴に引き寄せられる。声を出す間もなくぎりぎりと脅すように締め付けられ、痛みと恐怖が夕貴を襲った。男性は凄みを孕《はら》んだ視線で睨みつけ、人が変わったように低い声を出す。

「いいから、おまえは自分の仕事を黙ってやりゃあいいんだよ」

「そんな……」

「無農薬の野菜なんだ。スーパーに並んでる商品のように、綺麗に揃ってるわきゃねぇだろうが。ネットの傷？　言い掛かりも大概にしろ。じゃあ、あれか。俺が産地直送って嘘をついて安もんのクズ野菜を売りに来たって言いたいのか？」

「………」

自分でばらしていたら、世話ないじゃないか。

心の中で、夕貴は呟いた。御門の名前を出した途端、態度が急変したのがいい証拠だ。

「大原さんの代理だって言うけど、あんた野菜なんか作ったことないだろ」

「何だと、こら」

「今、腕を掴まれてわかった。農家の人間が、そんなに爪を伸ばしているわけない。あんた、一体どこの人だよ。何で、ここまで逆上するの。後ろ暗いところがあるからだろ」

「うるせぇッ！」

間近で怒鳴られて、耳がキンと痛くなった。興奮する相手を煽るなんて得策じゃないが、どうしても黙っていられなかったのだ。何とかしなくてはと気概を立て直し、夕貴は負けじと相手を睨み返した。

「な、何だよ……」

「食べ物を詐欺に使うなんて、どんだけ罰当たりなんだよ。言っとくけど、ここで俺に怪我を負わせたら詐欺未遂に加えて傷害罪もつくんだからな。それが嫌なら、早く手を放せよっ」

「このくそガキ……」

わなわなと唇を怒りに震わせ、男性がみるみる顔を赤くする。逆効果だったか、と一瞬後悔がよぎったが、次の瞬間、聞き慣れた声が頭上から降ってきた。

「くそガキなのは事実だが、言っていることはまっとうだぞ」

「沢城さん……」

「〝社長〟と呼べと言っているだろう」

短く嘆息した直後、陸矢がジロリと運びかけの玉葱に目を留める。異様な緊張感が辺りを包み、男性も夕貴も気圧されたように彼の挙動を見守った。

「スタッフが青くなって呼びに来たんだが、問題の玉葱ってのはこれか？　確かに、これは大原さんどころか国産でもないな。海外から輸入すると、こんな風にネットの傷がつくんだ」

「お、おまえみてぇなスーツの気取った野郎に、野菜の善し悪しがわかるわけねぇだろがっ」

「わかるさ」

いともあっさりと断言し、陸矢は冷ややかに男性を見る。

「大原さんの畑へ行って、直接交渉したのは俺だ。あの人の作る野菜なら間違いない。自分の目と舌で確かめて、惚れ込んで契約した野菜なんだ。わからないわけないだろう」

「な……んだと……」

「とりあえず、うちの人間なんで返してもらおうか」

言うが早いか、彼は男性の右手を素早く捩《ね》じ上げた。瞬時に掴んでいた力が緩み、夕貴はようやく痛みから解放される。相手は大袈裟にぎゃあぎゃあ喚いたが、陸矢は平然と顔色一つ変えなかった。

「つまんない真似しやがって」

忌々しそうに毒づき、最寄りの交番から駆けつけた警官に引き渡す。男性は「借金がある」だの「野菜の仕入れ代を弁償しろ」だのと騒ぎ続け、最初に違いを見破った夕貴を罵倒《ばとう》しながら連行されていった。

「いや～……びっくりしたねぇ」

騒動が収まってから、呑気な笑顔で御門がやってくる。彼の後ろには、先ほど一緒だったスタッフの青年が真っ青になって立っていた。

「とりあえずは、夕貴くん、ありがとう。よくわかったね、ネットの傷なんて」

「あ、いえ、たまたま勉強で見ていたサイトに写真が出ていたんです。それで……」

「うちのスタッフにも、教えてやらなけりゃな。あ、大原さんには連絡したよ。風邪で倒れたのも、軽トラの男に頼んだのも本当だった。ただ、男は農家の人間じゃなくて、買いつけに来ている奴らしいな。大原さんとは、値段の交渉が上手くいかずにポシャったって話だ。それでも近所に来たら愛想よく顔を出すんで、まさかって驚いていたよ」

「じゃあ、この野菜は……」

「男が個人で仕入れたものだろうね。大原さんとこの野菜は評判がいいから、うちへ来る前に他の店で高値をつけて売りさばいたらしい。でも、納品しないわけにいかないんで輸入野菜やら売れ残りでごまかそうとしたんだろう」

俺が気が付かなきゃいけないのに、すみません、と青年が深々と頭を下げる。そんな、と夕貴が慰めようとしたら、先に陸矢が険しい表情で口を開いた。

「いや、悪いのはうちの藤野だ。君が気に病む必要はない」

「え……」

「下手をすれば、店に多大な迷惑をかけていたところだ。もっと他にやりようがあっただろうに、短絡的な行動で余計な騒ぎを起こしてしまった。申し訳ない」

「沢城さん……」

頭を下げる陸矢に、夕貴は半ば呆然《ぼうぜん》としてしまう。

おまえが悪い、と面と向かって非難され、一連の騒ぎの責任まであるかのように言われて、どう反応していいかわからなかった。

(俺は……でも……)

男性に摑まれた腕がじんじんと痛み、余計に夕貴を悲しくさせる。助けに来てくれて、うちの人間を返せと言ってくれて、安堵と喜びがないまぜになった胸が苦しかった。

「藤野、おまえも謝れ」

冷たく突き放した声が、震える心に突き刺さる。御門や青年が「彼は悪くない」と慌てて取り成してくれたが、陸矢の耳には届いていないようだった。

「……すみませんでした」

夕貴は小さく謝罪の言葉を口にすると、陸矢に倣《なら》って頭を下げた。どうして自分が、という思いは拭い去れなかったが、他にやりようはなかったのかと問われたら自信はない。騒ぎを起こしたのは事実だし、反省すべき点はあるんだろう、と思った。

——でも。

「あの、ちょっと失礼していいですか。すみません」

そう言って踵を返し、店の中へ駆け込んでいく。誰も引き止めようとはしなかった。恐らくは、夕貴の複雑な心境を察してくれたのだろう。

（くそっ……くそっ）

こんな顔、誰にも見られたくなかった。

誰より褒めてほしかった陸矢に、突き放されて落胆している顔だ。

痛む腕に優しく触れてほしかったなんて、夕貴は自分でも認めたくなかった。


「……可哀想に」

駆け去る夕貴の背中を見送った後、ポツンと御門が呟いた。すぐさまスタッフの青年が同意し、非難するように陸矢を見る。だが、周囲の咎める言葉など陸矢は意に介さなかった。

「おまえ、あんな言い方して。夕貴くん、頑張ってたじゃないか」

「頑張った？　バカ言うな。一歩間違えれば、怪我をしていたかもしれないんだぞ。あんな風に相手を追い詰めたら、何をされるかわかったもんじゃない」

「沢城……」

「あいつは危機感がなさすぎる。他人から、徹底的に痛めつけられた経験がないんだ。このままじゃ、いつか傷を負うのは目に見えている」

自分でも戸惑うほど、陸矢は腹を立てていた。しかし、その怒りは決して夕貴に向けたものではない。彼の危機を回避してやれなかった、自分自身が許せないのだ。

「まったく……」

呆れ返った様子で腕を組み、御門がねめつけてきた。

「それでも、おまえは言葉を選ぶべきだよ。もういい大人なんだから、好んで相手を傷つける必要はないだろう。夕貴くんは、きっとおまえに褒めてもらいたかったんだ。経営者なら、部下を褒めて伸ばすことも考えろ」

「祥平……」

「おまえにプロデュースの才能がなかったら、とっくに会社なんか潰れてるぞ。良い人材に恵まれていることを、ちゃんと感謝してるか？　夕貴くんは、真っ直ぐで素直な良い子だよ。その美点を、乱暴な言葉で台無しにするな」

「………」

彼の言うことはいちいちもっともで、反論の余地などない。しかし、陸矢にはハードルの高い要求でもあった。何故なら、大前提として自分は夕貴を騙している。言葉どころか、己の行動で彼の純真な部分を軽んじているからだ。

『あの子のことだから赤くなったり青くなったりして、激しい自己嫌悪に陥った挙句、社長の前から逃げ出すでしょうね』

不意に、榊の言葉が脳裏に蘇った。夕貴なら、確かにそうするだろう。それにも増して、空矢の正体を知った彼がどんなに落胆するかと思うと、切り出すタイミングは難しい。

「おい、沢城？　おまえ、大丈夫か？」

黙り込んでしまった陸矢へ、怪訝そうに御門が声をかけてきた。

「何だか、夕貴くんが絡むと変だぞ。あの子と、何かあったのか？」

「いや……何でもない。藤野を探してくる」

「………………」

察しの良い御門の目をごまかせるとは思わないが、今は事態を収拾するのが先だ。陸矢は夕貴の後を追うことに決め、急いでその場から駆け出した。


化粧室の隣に設置された洗面台で、夕貴は「あ～あ」と溜め息をついた。

「バカだよな、逃げ出しちゃうなんて。どんな顔して戻ればいいんだよ……」

直視するのはためらわれたが、おそるおそる正面の鏡を覗いてみる。そこには、見るからにしょんぼりとした冴《さ》えない顔が映っていた。これではくそガキ扱いを受けても仕方がない、とますます自己嫌悪が募るばかりだ。

「でもさ、沢城さんだってちょっとどうかと思うんだよな」

黙っていられず、つい愚痴が口をついて出た。

「そりゃ、俺も上手いやり方じゃなかったけどさ。悪いのは藤野だ、は言いすぎじゃないか。悪いのはどう考えたって、あの男だろ。あいつが詐欺を働こうとして、俺はそれに気が付いただけなんだし。じゃあ、どうやってあの場をしのげば良かったんだよ。自分なら、もっと器用に立ち回ったとか言うつもりかよ」

言葉にすると、どんどん怒りが湧いてくる。歯止めが利かなくなった夕貴は、不満を吐き出すように更に声を荒らげた。

「無理だね。沢城さんが、あの男を上手く丸め込むなんて絶対無理だから。だって、あの人って言葉足らずじゃん。説明が足りないし、何かいつも人の顔見ちゃ物言いたげだし、黙ってるとおっかないし、無駄な威圧感で人を引かせるし。それから、えっと……」

「顔が怖いし？」

「そう！　顔が……って……」

調子に乗って同意しかけ、ハッと我に返る。まさか、と声の主に思い至った途端、心臓がバクバクと鳴り出した。振り返って確かめなくても、相手が誰なのか夕貴にはわかる。嫌な汗をかきながら固まっていると、すぐ背後に人の立つ気配がした。

「……藤野」

「はい……」

我ながら、消え入りそうな声だ。いくら勇気を振り絞ろうと努力しても、恐怖が勝ってダメだった。しかし、永遠にこのままというわけにもいくまい。夕貴はぐっと唾《つば》を飲み込むと、おそるおそる目線を上げて正面の鏡を見つめた。

「沢城さん……」

思った通り、鏡に映る陸矢とばっちり目が合った。

「えっと、あの……い、今のは……」

「全部聞こえていたが？」

「……ですよね……」

淡々と肯定され、言い訳の余地さえなくなってしまう。よりにもよって本人に聞かれるなんて、迂闊にも程があった。たちまち身の置き所がなくなり、どうしようかと途方に暮れる。とりあえずここは退いた方が良さそうだと考え、ぎこちなく身体をずらして邪魔にならない位置へ移動した。

「あの、どうぞ……」

「は？」

「え、や、だから、化粧室……」

「………」

「沢城……さん……？」

何とも形容し難い微妙な顔をされて、夕貴はまたもや困惑する。何がまずかったんだろう、と内心狼狽していると、腕を組んだ陸矢が疲れたように息を吐いた。

「藤野、おまえが俺をどう思っているかはよくわかった」

「…………」

「そのことについて、俺はどうこう言わない。おまえの目から見れば、俺が言葉足らずでおっかなくて威圧感たっぷりな強面《こわもて》だってことは事実なんだろう」

「そ、それは、あの」

「だが、一つだけ訂正する。俺は、別に化粧室に用事があって来たんじゃない」

え、と面食らって、まじまじと彼を見つめ返す。不機嫌そうだった目がみるみる気まずげな色を浮かべていき、夕貴は思わず息を呑《の》んだ。これまで取りつく島のなかった相手の、初めて目にする隙だらけの表情に魅せられ、陸矢が次の言葉を口にする前に鼓動が速くなる。

「俺は、おまえを迎えに来たんだ」

仏頂面はそのままだが、夕貴の耳に柔らかくその声が響いた。

「さっきは、その、少し言葉がすぎた。いや、間違ったことを言ったとは思わないが、確かに俺はあんまり口が上手くない。おまえは、良くやった……と思う」

「沢城さん……」

「だから、とりあえず機嫌を直せ……っておい！」

慌てたように、陸矢が口調を乱す。だが、それも無理はなかった。堪えようと思う前に、もう夕貴の目に雫《しずく》が溜まっていたからだ。滲む視界に夕貴自身もびっくりして、何が自分に起きたのかと焦ったが、どうにも止めようがなく混乱するばかりだった。

「おまえ……」

「すっ、すみません、あの、ちょっと気が緩んだみたいで……っ」

「………」

「ほんと、仕事中にすみませんっ。すぐ止まりますから。ああもう、おかしいな……」

ゴシゴシと乱暴に目元を拭うが、何とかしなくちゃと思うほど涙が止まらなくなる。人前で泣くなんて今まで一度もなかったので、いろんな意味で夕貴はパニックになった。

「や、やっぱり緊張してたのかな。あの、すぐ行きますから先に……」

弁解の途中で、不意に目の前が暗くなる。

気が付けば、夕貴は陸矢の腕にきつく抱き締められていた。

「あ……あの……」

「無理しなくていい」

「………」

「泣きやむまで待っててやる」

そう言われた瞬間、かあっと全身が熱く火照《ほて》った。

思いも寄らぬ言葉に動揺し、得体の知れない甘い動悸《どうき》まで加わって、どうしていいのかまるでわからなくなる。泣きやむまで、と陸矢は言うが、お陰で涙は一瞬で引っ込んでいた。

(でも……)

離れ難い思いに捕らわれ、夕貴は何も言い出せない。陸矢の腕は居心地が好くて、こんなに安心できる場所があったのかと感動さえ覚えていた。

(あったかいや)

もし可能なら、このままずっと抱き締めていてほしい。そんな無理な願いまで、うっかり抱いてしまいそうだ。押し寄せる愛しさに流され、夕貴はその胸に顔を押し付けた。

「少しは落ち着いたか?」

背中に回された手に、ぎこちなく力が入る。重なる鼓動の速度は次第に増していき、どちらの音なのか混乱するほどだった。

相手の鼓動が自分と同じテンポだと気づいた途端、夕貴は激しく狼狽し、急速に恥ずかしくなっていく。けれど、どうしても自分から離れることはできなかった。多分、こんな風に抱き締められることなんて二度とないだろう。そう思うだけで、切なさで苦しくなってくる。

「……藤野?」

「あ……いえ、あの……」

ありがとうございます、もう大丈夫です。

胸の中でくり返し、早く答えなくちゃと顔を上げる。これ以上、迷惑をかけるわけにはいかなかった。心配そうに窺う陸矢と目を合わせ、破裂しそうな心臓を抱えて口を開く。

「ありが……」

最後まで、言葉にすることはできなかった。

軽く触れた唇が、その先を塞《ふさ》いでしまったからだ。

「ん……っ……」

陸矢はそのまま深く重ね、夕貴の頭を抱えて強引に口づけてきた。柔らかな感触が押し付けられ、微熱がじわりと染み込んでくる。逃げようにも身じろぎさえできず、隙間から割り込んできた舌を受け入れた。

「んっ……ん……んぅ……」

喉が鳴り、息苦しさに声が溢れる。

陸矢の舌は巧みに夕貴を煽り、淫《みだ》らな動きで絡みついてきた。初めて受ける愛撫に芯まで蕩《とろ》かされ、全身から力が抜けていく。腰に右手が回され、ぐっと支えられながら、長く情熱的な口づけに夕貴は翻弄《ほんろう》され続けた。

交わる呼吸が、火傷《やけど》しそうなくらい熱い。

与えられる僅かな刺激にも唇が震え、甘い痺《しび》れに頭が眩《くら》みそうだ。

どうして――と問うことさえできないまま、夕貴はひたむきに愛撫を受け入れ続けた。

「さわ……きさ……」

ようやく解放された後、喘《あえ》ぐように名前を口にする。頭は半分朦朧《もうろう》とし、何が自分に起きたのか認識することさえ難しかった。

けれど、唇の熱だけは純粋に欲望を留めている。

貪《むさぼ》られるような口づけの余韻は、夕貴の声音にまで蜜《みつ》を滲ませていた。

「沢城さん……俺……」

「――悪い」

突然、夢から醒《さ》めたように陸矢の腕が離れる。

無情に逸らされた横顔は、苦渋と後悔に彩られていた。

「沢城さん……？」

「すまなかった……おまえに、こんな真似するなんて。どうかしていた」

「え……」

信じられない言葉を聞き、呆然と夕貴は立ち尽くす。

「先に行っている」

「…………」

言うなり、彼は外へ出て行った。

置き去りにされたのだと気づくまで、それからしばらく時間がかかる。また戻って来てくれるんじゃないか、という儚い期待が消えたのは、更に数分たってからだった。

キスの一件が「なかったこと」になって、二週間ほどが過ぎた。

夕貴は忘れようと努力し、陸矢の前でも決して意識している素振りは見せなかった。半ば意地といってもいいが、こだわっていると思われたくなかったのだ。二十歳にもなる男が無防備に人前で泣いたことも自己嫌悪だったし、同性の上司からキスをされたという事実も認めたい出来事ではなかった。

それより何より——いつも、そこで思考が停止する。

本当は、嫌じゃなかった。嫌悪どころか、甘い鼓動は今も鮮明に胸へ刻まれている。でも、だからといって忘れる他にどうしようもない。陸矢が「どうかしていた」と言うなら、夕貴も気の迷いだったと思い込むしかなかった。

「え、俺一人で行くんですか？」

いつものように、榊と朝のスケジュール確認をしている時だった。

陸矢の出張が急に決まったと報告を受け、『カルロッタ』での打ち合わせに単独で行くよう指示が出る。肝心の陸矢は朝一番で出発したらしく、会社には顔を出していなかった。

「そう、夕貴くん一人で。御門さんとは何度も会っているし、大丈夫だろ？　向こうも、君のことは気に入っているみたいだしさ。詐欺に遭いかけたのを夕貴くんが未然に防いだって、ずいぶん評判になったらしいよ」

「でも、打ち合わせって何をすれば……」

「新メニューの開発。難しく考えなくても、御門さんが提案するメニューから率直な意見を言えばいいだけだから。いいなぁ、本当は俺が行きたいくらいだよ。御門さんのメシ、美味いもんなぁ。だけど、先方は夕貴くんご指名だからさ、頑張ってきてよ」

「……はい、わかりました」

『カルロッタ』へはあれ以来顔を出していないので、心情的には気まずいものがある。しかし、何も御門にキスを目撃されたわけではないし、いつも通りに振る舞えばいいんだと自分へ言い聞かせた。

「でも、榊さんは凄いですね。自分の仕事もあるのに、秘書の方も継続していて。俺、もっと頑張らなきゃ。ここへ来てもうすぐ一ヶ月だし、そろそろ一人で任せてもらえるようにならなきゃと思います。お陰様で、母のリハビリも付き添いがいらなくなりそうだし」

「そうなの？　それは良かったよ。いや、社長も心配してたからさ」

「沢城社長には、一番最初に助けていただいたから早く報告したかったんですけど」

「あ……ああ～……うん」

どういうわけか、榊の笑顔が妙にぎこちなく変化する。何だろ、と不思議に思って少し詰め寄ると、野良猫が不意を衝かれたようにびくっと後ずさりされてしまった。

「ちょっ、ちょっと脅かさないでくれよ」

「榊さん？」

「いや……ごめん、こっちがボーッとしてた。えっとさ、夕貴くん。変なこと訊《き》いていい？」

「何ですか？」

「沢城社長のこと、どう思う？」

「………」

実にシンプルな質問にも拘らず、夕貴はすぐには答えられない。複雑な感情が絡み合い、とても「好き」「嫌い」では語れないからだ。

「どういう……意味ですか？」

仕方なく、こちらも質問で切り返す。実際、榊の意図がまるで読めなかった。

「どうもこうも、最近の態度が何となく変だからさ」

「そんなわけないですよ。俺、ちゃんと気をつけてます。沢城さんの前でおかしな態度とか、絶対にしていませんから！　身なりだって気をつけてるし、仕事だって」

「そうじゃないって。夕貴くん、落ち着いて。君の話じゃないよ」

「え？」

思わずムキになる夕貴を、驚いたように榊が宥めにかかる。彼はやれやれと嘆息し、どこか苦みの混じった笑みでこちらを窺ってきた。

「どうしたの？　俺が言っているのは、社長の方だよ」

「あ……」

「社長、ここしばらく変だろ？　夕貴くんへの小言も減ったし、毒舌は鳴りを潜めるし。それより必要最低限の会話しか、君たちしてないじゃない。で、おかしいなぁと」

「…………」

語るに落ちる反応を見せてしまい、顔が羞恥に熱くなる。お陰で、榊は何かあったと気づいたようだ。「そっかぁ」と小さく呟くと、励ますように腕をぽんぽん叩いてきた。

「ま、気にすんなって。あの人もさ、悪気があったわけじゃないんだよ。ほんの出来心って言うかさ、何つうか根がちょっとばかり捻くれてるところがあるからさ」

「出来心……」

「そうそう！　気にしなくていいって。君を傷つけようとか、そんな深い意味があったんじゃ全然ないから！　ちょっとした気まぐれっていうか、悪ふざけくらいの感じで……」

「そんな……そんなの、人としてどうかと思います！」

あまりの言い草に、せっかく押し殺していた気持ちが爆発する。いくら悪気がなかったからといって、気まぐれや出来心でキスされたのではたまったものじゃない。

「ゆ、夕貴くん？」

「そこまでひどい人とは思わなかった。そりゃ、本人も〝どうかしていた〟って言ってたし、本気じゃないのは俺だってわかってます。だけど、男の上司にキスされて気にするなって、そんなわけにはいかないじゃないですか。俺が女だったら大問題ですよ？　あ、じゃあ男だからいいのかって？　そんなの、絶対に許せないっ。俺、沢城さんを軽蔑《けいべつ》しますっ！」

「ききき、キスぅっ？　え、何、あの人、夕貴くんにキスしたのっ？」

「何、言ってるんですか。今、榊さんが自分で言ったでしょう、出来心だったたって」

「え――……ッ！」

どういうわけか、今度は榊が顔色を変えて絶叫した。

何なんだ、と夕貴は面食らい、「キスって何考えてんの！　あの人、頭どうかしたんじゃないのか！」と激しく狼狽する彼にポカンとする。芝居にしては真に迫っているし、もしやキスのことを話していたんじゃなかったのかと、おそるおそる尋ねてみた。

「榊さん……あの……」

「何っ？」

「もしかして、キスの話じゃなかったんですか……？」

「えっ」

明らかに、榊の様子は変だ。目を合わせようとしないし、笑顔も引き攣《つ》っている。

では、キスでないなら彼は何の話をしていたのだろう。夕貴は首を捻って考えた。一体、何が「出来心」で「悪気はなかった」なのか。

「あ～……あのさ、俺、そろそろアポがあるから行かなきゃ」

「榊さん！」

「いや、俺の勘違いだから。てっきり喧嘩《けんか》でもしたかなって思ってさ、社長がまた余計な一言で夕貴くんを傷つけたんじゃないかと思って、俺なりにフォローしただけだから」

「…………」

「でも、マジでびっくりだなぁ。あの人、男に興味ある感じじゃないのに」

ボソリと呟かれた一言に、またもや夕貴が反応した。おもむろに榊の腕を両手で掴み、怖いくらいの眼差しで彼を問い詰める。

「男に興味ない？　じゃあ、何であんなことしたんですか？」

「えっ、ええと、さぁ……」

「確かに〝どうかしていた〟とは言われたけど、その一言で済ますなんて変ですよね？」

「そりゃそうだけど、俺に訊かれてもなぁ。第一、社長はああ見えてすっごいモテるんだよ。仕事はできるし、ルックスはいいし、無愛想だけど軽薄な奴よりいいって」

「え……」

「俺が知っているだけでも、社長狙いの女子、片手分くらいは言えるもん。だから、間違っても欲求不満とかそういうんで、夕貴くんにちょっかい出したわけじゃないと思うよ。まぁ、本人が〝どうかしてた〟って言うんなら、やっぱり弾みとかその程度なんじゃないかなぁ。あんまり、真剣に考えなくても大丈夫だよ」

そんな、と言いそうになって、慌てて口をつぐんだ。これ以上食い下がったら、まるで自分がないがしろにされて怒っているようだからだ。冗談じゃない、絶対にそんなわけない、そう己へ言い聞かせながら、夕貴はゆっくりと榊から手を離した。

「……すみませんでした。つい、興奮しちゃって」

「いいよいいよ。悪いのは社長なんだしさ。俺からも、ちょっと釘を刺しとくから」

「いえ、もういいんです。終わったことだし、社長は謝ってくれましたから」

「夕貴くん……」

頭が冷えてきたら、猛烈に恥ずかしくなってきた。流れでされたキスで大騒ぎするなんて、これではガキと揶揄されても当然だ。

「あの、沢城さんには内緒にしといてください。変に気まずくなると嫌だし……」

「それは構わないけど、君はいいの？　それで？」

「はい」

笑って頷きながら、だって、と心の中で付け足した。

特別な理由のないキスなんて、一刻も早く忘れてしまうしかないじゃないか。

「じゃあ、俺、御門さんに連絡して出かけてきます」

金輪際、頭から追いやってしまおうと心に決め、夕貴はもう一度力強く微笑んだ。

4

「サラダの種類をね、もうちょっと増やそうと思うんだ。何だったら、メイン扱いにしてもいいくらいボリュームのあるヤツでさ。付け合わせとかオマケ感覚じゃない、ちゃんと美味《お》しいサラダを提供したいんだよ」

ディナーの仕込み時間を利用して、御門《みかど》は厨房《ちゅうぼう》の調理台にあれこれ試作品を用意する。榊《さかき》が羨ましがっただけはあり、どの皿も見るからに美味そうな料理が盛りつけられていた。

「確かに、女性やお年寄りには重要ですよね。ヘルシーで満腹感があって、胃に負担のかからない料理って。でも、サラダじゃ採算を取るのは厳しくないですか？」

「そこは、値段との折り合いかな。食材をけちりたくはないから、多少値が張っても美味しく食べられるなら、というお客さんの舌を信じるしかないな」

「成程……」

「逆を言えば、常連が定着しているから増やせるメニューなんだよ。うちの料理への信頼があれば、たかがサラダってバカにはしないからね」

滑らかな口調だが、そこには自分が生み出す料理への確固たる愛情と自信が窺《うかが》える。それが押し付けがましく感じないのは、御門の魅力の為せる業《わざ》だろう。夕貴《ゆうき》も感心して聞き入り、勧められた『いわしのマリネサラダ』を口にしてみる。

「あ、美味しいです！　ヴィネガーの癖が強くなくて、むしろ凄くまろやかな感じで……」

「ありがとう。オリーヴ油に漬けてあるからね。小骨まで柔らかいし、日持ちもするんだ」

「こっちの、セロリと鶏肉もマスタードがぴりっと効いてますね」

「じゃあ、こっちはどうかな。いんげん、ひよこ、うずら豆の三種のサラダ。全部味付けが違うのを三つセットにしてるんだ。見た目に可愛いだろ？」

「美味しいです……！」

うっとり幸せな気分で頬張りながら、ハッと我に返った。まずい、さっきから当たり前の感想しか口にしていない。美味しいのは大前提で、その上での意見を御門は求めているのだ。

けれど、これまでイタリアンに馴染んできたわけでも、舌が人より肥えているわけでもない夕貴に、この仕事はハードルが高すぎた。庶民の味しかわからないのに、せっかく上等な料理を食べさせてもらっても、まさに猫に小判、豚に真珠だ。

「あ、ダメだよ、夕貴くん」

不意に、御門が右手を伸ばしてきた。

え、と思う間もなく眉間を指先で弾かれ、何なんだろう、と狼狽《ろうばい》する。

「眉間に皺。ご飯を食べる時に、小難しい理屈を考えたらダメだろ」

「でも……」

「これが沢城《さわき》相手なら、もうちょっと専門的な相談をするけどね。夕貴くんには、お客さんと同じ立場で味わってもらって、素直な感想を聞きたいんだ。そのために君を指名したんだし、小難しく考えなくていいんだよ」

「御門さん……」

にっこりと陽気に笑いかけられ、ほっと気持ちが緩《ゆる》むのを感じた。本当に、お日様を背負っているように温かな人だと思う。榊は、陸矢がモテると言っていたが、女性相手なら絶対に御門の方が人気があるだろう、とおかしな比較までしてしまった。

「三つ食べてもらったけど、夕貴くんはどれが一番気に入った？」

「え……と……どれも美味しかったんで難しいけど……」

「うん」

「ボリュームを考えたら、いわしか鶏肉ですよね。でも、見た目とか味の変化なんかのトータルで言ったら、豆のサラダが楽しかった……かなぁ……」

「楽しい……」

思ったままを口にしたのだが、御門は面食らったように目を瞬《またた》かせる。的外れなことを言ってしまったかな、と少し心配していたら、彼は「面白いこと言うね」と腕を組んだ。

「楽しいって言うのは、料理人にとって最高の褒め言葉だな。やっぱり、ご飯は美味しいと楽しいが一緒に味わえなきゃ、と思うしね。夕貴くん、ありがとう」

「いえ、そんな」

「じゃあ、サラダの新メニューは三種の豆セットで決まりだな。沢城も喜ぶよ、きっと」

「え？」

どうして陸矢《りくや》の名前が？　と思わず不思議な顔をすると、御門は悪戯《いたずら》っぽい表情でそっと顔を近づけてくる。

「実はさ、このアイディアを出したのはあいつなんだよ」

「ええっ」

「意外だろ？　だって、可愛いもんな。三つの異なる豆にそれぞれ合わせる野菜やドレッシングを変えて、色味や風味にも変化をつけて、それがちまっとセットで並んでいる。特に女性や子どもに受けそうだよな。あの仏頂面の偉そうな男のどこに、こういう回路があるんだか」

「…………」

夕貴の驚き加減がお気に召したのか、彼は機嫌よく説明してくれた。しかし、最初こそびっくりしたが、何となくわからなくもない、と思う。陸矢は確かに取っ付きづらいし、時にぶっきらぼうな口を利いたりもするが、案外細かい心配りのできる人でもあるのだ。

（やり方が乱暴だから、ちょっと誤解を受けやすいけど……）

部下の落としたメモを自分で探しに来たり、とっておきの店でスーツを仕立ててくれたり、全てが好意から生まれた言動にも拘らず、その後の態度が残念なせいで必ずしも素直に感謝をされない。けれど、そんな彼の不器用さをどうしても嫌いにはなれなかった。

(それに、あの人はいつも俺がほしかった言葉をくれるんだ)

おまえは特別だ。

おまえは、よくやった。

泣きやむまで待っててやる。

何度も胸で反芻《はんすう》し、夕貴はそのたびに少し元気になる。実にささやかだけれど、口が上手くないと言いながら懸命に言葉にしてくれた気持ちが何よりも嬉しかった。

「沢城さん、あれでけっこう優しいとこありますよね」

落ち込んでいたことも忘れて、自然と笑みが浮かんでくる。

「俺、もともとあの人に助けてもらったのが縁で『ヨクサル』に入社したんです」

「へぇ、そうなんだ？　そいつは初耳だなぁ」

興味深そうに、御門が言った。何となく彼には話してもいいか、という気分になり、夕貴は簡単に病院での経緯を打ち明ける。初対面の時はアロハにビーサンで、二度目に会った時は人違いかと思った、というところまで全部話した。

「でも、名前を訊いたら本人だったし、顔は間違いなくあの人だったから。髪形とか服装でずいぶん印象が変わるんだなぁと思ったけど、気前がいいところは同じなんですよね。スーツをオーダーメイドで作られた時は、ちょっとやりすぎじゃないかと思ったけど……」

「アロハにビーサン……」

「御門さん？　どうかしたんですか？」

妙に真剣な顔で考え込まれてしまい、軽い雑談のつもりだった夕貴は困惑する。御門はしばらく黙った後、やや慎重な様子で口を開いた。

「それ、何となく沢城っぽくない話だよ」

「え……」

「俺は大学時代からあいつを知ってるけど、正面切って感謝されたりするの、凄《すご》い苦手な奴なんだ。だから、もし夕貴くんが困っている姿を見かけたら、これ見よがしに君の前で現金なんか出さないと思う」

「…………」

「多分、君には気づかれないように裏から手を回して援助するんじゃないかな。まして、名刺を置いていくなんてありえないよ。それだけは絶対にない」

でも、と言いかけて言葉を飲み込んだ。それは、心の奥底で感じていた違和感そのものだったからだ。陸矢の人となりを知るほど初対面の彼とは違いすぎていて、正直同一人物だと思うのは苦しくなっていた。だが、アロハの人物と同じ容姿だし、本人が「人違いだ」と否定もしていないので、疑う余地はない気がしていたのだ。

「黙ってるってことは、夕貴くんも何か思うところがあるんだね？」

「……わかりません。でも、沢城さんは自分だって認めているし」

「じゃあ、あいつが嘘をついているのかな。それも、ちょっと考え難いけど」

「嘘を……」

考えてみたこともなかった可能性に、夕貴は愕然《がくぜん》とした。もし、彼が本当に自分を騙《だま》していたんだとしたら、何が目的なのかさっぱりわからない。

「まぁ、沢城もちょっといろいろあって人間不信っぽいところがあるしなぁ」

「そうなんですか？」

ポツリと呟《つぶや》かれた言葉に、食いつかずにはいられなかった。自分の知らない陸矢の顔を、御門はたくさん知っている。それを羨ましく思うのと同時に、多少妬《ねた》ましくもあった。

「あ、まぁ、それは三十年近く生きていれば、それなりに……な」

うっかり口にしただけなのか、御門は曖昧《あいまい》なごまかし方をする。陸矢のプライベートに関する内容なだけに、迂闊《うかつ》に話せないと思ったのだろう。粘ってみたい誘惑にかられたが、彼の知らないところで聞き出すのは夕貴もやはり憚《はばか》られた。

「あの……御門さん」

「ん？」

「俺、このまま『ヨクサル』にいていいんでしょうか」

「それは、どういう意味かな？」

募る不安を堪《こら》える夕貴に、優しく御門が問いかける。

「夕貴くんは、入社してまだ一ヶ月そこそこくらいだろう？　結論を出すのは早すぎない？」

「『ヨクサル』の仕事は好きです。まだ半人前もいいとこだけど、沢城さんの仕事を側で見ているのも勉強になります。でも、もし俺が人違いをしているなら……俺を助けてくれたのが沢城さんじゃなかったら、どうして俺を採用してくれたんだろうって。学歴も経験もない一介のバイト小僧だった俺を正社員として雇ってくれて、あの人に何の得があるんだろう」

「夕貴くん……」

「甘えてしまっていいのかって、思うんです……」

本音を言えば、それは入社当時から悩んでいたことでもあった。

陸矢は、『ヨクサル』を少数精鋭と自負している。実際、社員は少ないが業績は良く、仕事のスタイルも自由でありながら結束は固かった。突然やってきた夕貴にも親切だし、緊張感と居心地の好さが奇跡的に共存している会社だと思う。

だが、そこに一員として自分が加わるにはあまりに力不足だ。

店舗プロデュースには多方面の知識と経験、そしてセンスが重要であり、専門的な勉強は不可欠だ。けれど、夕貴にはやる気以外に何もない。今は秘書という職務だから専門分野の知識は必要ないが、このまま呑気《のんき》にしていたら、榊のように自分の仕事を手掛けるチャンスなどなかなか回ってはこないだろう。

「つまり、即戦力にもならない子どもが、いていい場所じゃないってこと？」

「そうです……」

認めるのは悔しかったが、御門に見栄を張っても仕方がない。

「まして、本当は縁もゆかりもなかったなら尚更です。俺、沢城さんが何を考えているのか全然わからない。俺はあの人が好きだけど、お荷物になってるなら嫌だし」

「ふぅん、好きなんだ？」

「えっ？　あ、ち、違いますよ。変な意味じゃなくて、人間としてっていうか」

「いや、普通は誤解しないから。そんな慌てなくてもいいよ」

真っ赤になって否定したら、くすくすと愉快そうに笑われた。何やってるんだよ、と軽い自己嫌悪に襲われ、夕貴はしょんぼりと肩を落とす。考えてみれば今だって職務中だし、小僧のお悩み相談に付き合わせては申し訳なかった。

「すみません、変な話をしてしまって。本題に戻りますね。じゃあ、新メニューに相応《ふさわ》しい名前と、価格設定の打ち合わせを……」

「俺は好きだよ」

「はい？」

唐突なセリフに、何のことかと顔を上げる。

その先で、真っ直ぐこちらを見つめる御門と視線が交わった。

「あの、何の……」

「夕貴くんのこと、俺は好きだな。真面目で一生懸命だし、喜怒哀楽がはっきりしていて可愛いし。とっておきの料理、一番に食べさせたくなるよ」

「……えっと……」

「じゃあ、打ち合わせしようか。サラダのネーミング、一緒に考えてくれる？」

本気なのか冗談なのか、それだけ言うとあっさり話題を変えられてしまう。からかわれたんだろうか、と思ったものの、それ以上の追及はできない夕貴だった。


『カルロッタ』での打ち合わせを終え、報告書をまとめている間に退社時間が過ぎていた。しかし、定時で動く人間が少ないこともあり、夕貴は気にせずに仕事を続ける。母親へ連絡したところ、もう仕事に復帰している彼女は仲間とカラオケに行くからと明るい返事だった。

「何だ、おまえ。まだ残っていたのか」

社長室を開けた陸矢が、片眉を顰《ひそ》めて入ってくる。帰社の連絡もなかったので、てっきり出張先から直帰かと思っていた夕貴は慌てて立ち上がった。

「お帰りなさい。出張、お疲れ様でした」

「いいから、もう帰れ。母親の付き添いがあるんじゃないのか?」

「大丈夫です。お陰様で、母一人で通院ができるくらい回復しました。もう職場にも戻っていますし、俺もこれからは残業でも何でもできます」

「そんなに良くなったのか」

「はい、沢城さんのお陰です。ありがとうございました」

深々と頭を下げた時、妙に柔らかな気配に気づく。あれ、と思って上目遣いに見ると、陸矢が微笑《ほほえ》んでいるのが目に入った。安堵《あんど》の表情は、母親の回復を知ってのものだろう。だが、夕貴に見られているとわかった途端、すぐに仏頂面に戻ってしまう。

「とにかく、無駄な残業はする必要がない。特に、藤野《ふじの》は専門職じゃないんだし」

「でも、秘書ですから。沢城さんが働いている間は、基本的にずっと付いているべきかと」

「そんな必要はない。もともと、スケジュール管理くらいなら自分でできる」

「じゃあ……」

昼間、御門と話した内容を思い出し、勇気を出して尋ねてみることにした。

「やっぱり、俺は『ヨクサル』に必要ないんじゃないですか?」

「え……?」

「榊さんは運転もできるし秘書以外の仕事もこなせるから別ですけど、もともと沢城さんに秘書は必要ないんですよね。だったら、俺を雇っているのは経費の無駄じゃないかって……」

「おまえ……」

みるみる陸矢の表情が変わっていく。怒りと失望を含んだ眼差しに、夕貴は続く言葉を失った。まさか、そんな顔をされるなんて思ってもみなかったのだ。

「おまえ、本気でそんなこと言ってるのか？　俺に頭を下げて〝よろしくお願いします〟って言ったのは、何かの気まぐれか軽い気持ちだったのか？」

「ち、違います。そうじゃなくて、俺は」

「あまり、がっかりさせるな。今日はもう帰れ」

「沢城さん……」

狼狽する夕貴の横を素通りし、彼は自分のデスクでさっさと仕事を始めてしまう。パソコンを立ち上げ、留守中のメモを確認する姿には、まるきり取りつく島がなかった。

（どうしよう……本気で怒らせたんだ……）

夕貴は、ただ確かめたかったのだ。

自分が呼ばれた意味、彼の側にいる理由。

曖昧で不確かな立場が不安を生むなら、それを解消したかった。

（でも、そんなの甘え……だよな。やる気がないって、そう取られても仕方ない……）

このところ、陸矢とはぎくしゃくした空気が続いている。もちろん、キスの一件が尾を引いているためだ。榊に指摘されるまで自分のことでいっぱいいっぱいだったが、言われてみれば陸矢から雑談を振られることはなかったし、なるべく目を合わせないようにされているのがよくわかった。それを打破する意味でも彼に真意を問い質《ただ》したかったのだが、どうやらやり方を間違えてしまったらしい。

「あの、沢城さん……」

「……藤野」

「は、はい」

「何度言ったらわかるんだ。職場では社長と呼べ。俺は親戚でも何でもないんだぞ」

「すみません……」

「まぁ、本当は社長なんて呼ばれる柄でもないんだけどな」

今のは軽口……だろうか。判断がつかず、気を付けます、とだけ口にする。相変わらず陸矢はこちらを見ず、視線は液晶画面に向けられたままだったが、少しだけ夕貴は勇気を得た。

「あの、社長」

「何だ？」

「さっきの発言は訂正します。失礼な質問をして申し訳ありませんでした」

「………」

潔く詫《わ》びると、ようやく彼はちらりとこちらを見る。どういうつもりだと、その目が言っていた。彼もまた、夕貴の真意を測りかねているのだ。

よし、と心の中で己を鼓舞し、思い切ってデスクの前まで進んでみた。怪訝《けげん》そうに向けられた瞳に先ほどの怒りはなく、少し戸惑っているようにも見える。

（今なら、訊けるかもしれない。病院で会ったのは、本当にあなたなんですかって）

答えを聞くのは、本当は怖かった。もし「違う」と言われたら、自分はどうしたらいいのだろう。恩人を間違えるなんて最低だし、騙した陸矢にもどう対応していいかわからない。御門に話したように、何もなかった顔で『ヨクサル』の社員でいることなんて絶対に無理だ。

（俺は、ここを辞めたくない。沢城さんの側で働きたい。でも……）

夕貴は自問する。

この感情はどこから来るんだろう、と。

（もちろん職場としては理想的だし、仕事の内容だって面白い。皆いい人だし、勉強したいこともたくさんある。だけど、それだけじゃない。俺が、ここにいたい本当の理由は……）

不意に、キスの感触が唇に蘇《よみがえ》った。

抱き締められた腕の強さと、荒々しく奪われた口づけの熱。

生まれて初めて、あんなにも激しく他人から求められた。その相手が陸矢であったことを、自分はこんなにも大切に思っている。同性のうえ、半ば強引な行為だったにも拘らず、その後で突き放された事実に密かに傷ついているのだ。

「藤野、どうした？　話があるなら早くしろ。『カルロッタ』の新メニューの件か？」

「え、あ、いえ、それは今報告書をまとめています」

急いで首を振ると、大きく溜め息をつかれた。暗に「早く帰れ」と言われているようで、ますます夕貴の焦りは募る。

こんなに……と、歯がゆさに耐えかねて強く思った。

こんなに胸が震えるのに、どうして言葉にしないと伝わらないんだろう。

「……帰ります」

やっぱりダメだ、と諦めた。このまま対峙《たいじ》したところで、ろくに考えさえまとまらない。とりあえず今日は退散しよう、と踵《きびす》を返しかけた時だった。

「え……」

いきなり右の手首を掴《つか》まれて、足が止まる。

驚いて振り返ると、立ち上がった陸矢がデスク越しに手を伸ばしていた。

「あ、あの」

「何か話があるんだろう？　言いたいことがあるなら、遠慮しなくていい」

「…………」

貫くような視線は、甘い微熱を帯びている。情熱の色だ、と夕貴は心で呟いた。キスをされる寸前、間近で見つめた瞳と同じ色が、陸矢の眼差しを染めている。

「社長……」

「沢城でいい」

先刻とは真逆のことを言い、憮然《ぶぜん》と陸矢は黙り込んだ。その様子を見ていたら、不思議と無駄な力が抜けていく。夕貴は一つ息を吐き、おもむろに彼へ向き直った。

「言いたいことは、たくさんあります」

「………」

「でも、今一番訊きたいのは沢城さんのことです」

思い切って口にすると、陸矢の瞳が僅《わず》かに歪《ゆが》んだ。

「俺がY総合病院で会ったのは、本当に沢城さんなんですか？」

「それは……」

「同じ顔をしているし、疑う方が変かもしれないけど……俺には、どうしてもアロハを着た人が沢城さんだとは思えない。でも、あなたは否定しなかった。だから、本当のことを知りたいんです。あなたの口から、真実を言ってほしい」

「藤野……」

ぐっと、手首を摑む力が強まった。

夕貴は息を吞《の》み、次にどんな返事がくるのかと待つ。

「おまえは……」

「え？」

「おまえは、どうなんだ。もし、俺が恩人じゃなかったら」

「……わかりません。でも、騙されているよりはマシです。第一、そんな嘘をついて沢城さんにどんなメリットがあるのか全然理解できない。そうでしょう？」

「…………」

「沢城さん、お願いです。本当のことを……」

セリフの最後に被って、バタンと背後でドアの開く音がした。ノックもせずに入ってきた人物が、二人を見て「あ～らら」とふざけた声を出す。

「ごめん、何か盛り上がってるとこ邪魔しちゃったかな？」

驚いて咄嗟《とっさ》に陸矢の手を振り払い、夕貴は相手の顔も確かめずに社長室から飛び出そうとした。だが、すれ違い様に馴れ馴れしく肩を摑まれ、ひょいと顔を覗《のぞ》き込まれる。

「ちょっと待ってよ、藤野くん。久しぶりじゃないかぁ」

「え……」

「何だよ、そんな顔をして。ひっどいなぁ、これでも身綺麗《ぎれい》にしてきたんだけど？」

目の前でニコニコと愛想よく笑っているのは、沢城陸矢その人だ。一瞬わけがわからなくなり、急いでデスクの方を振り返った。そこには、たった今まで自分が話していた相手がいる。

もちろん、沢城陸矢本人だ。

「え……え……？」

「ああもう、そんなボーゼンとした顔しちゃって可愛いなぁ。何だよ、陸矢。おまえ、何もこの子に話してないわけ？　つか、どうして藤野くんがここにいるの？」

「……空矢《そらや》……」

苦々しげに呟かれた一言が、混乱する夕貴の耳にこびりついた。

陸矢と空矢。

互いを下の名前で呼び合う、同じ顔をした二人。

「ま……さか……双子……」

「まさかも何も、一目瞭然《りょうぜん》でしょうが。うわ、マジで陸矢の奴、黙ってたんだ。一体、どういうつもりだよ？　俺がおまえを騙《かた》ることはあっても、その逆ってありえないだろ」

「黙れ……」

「でも、藤野くんも純真だよなぁ。普通、一発で気づくでしょ？　俺とこいつ、顔はそっくりだけど雰囲気は全然違うんだし。ま、双子だって知らなかったら無理ないかぁ？」

「黙れ、空矢！」

鋭い一喝が、室内に響き渡った。

怒りに燃える陸矢の形相に、調子に乗っていた空矢が呆気《あっけ》に取られた様子で黙り込む。居たたまれなさに耐えられず、夕貴はそのまま急いで外へ出て行った。一瞬でも足を止める気はなかったし、陸矢の引き止める声もなかった。

『でも、藤野くんも純真だよなぁ。普通、一発で気づくでしょ？』

耳の奥で、ガンガンと空矢の言葉がくり返し再生される。

そうだ、確かに気づかない方が変だった。初対面と二度目では、まったく別人のようだと夕貴だって思ったのだ。けれど、どうしてか陸矢を空矢だと信じたい気持ちにかられ、微妙に違和感を覚えながらも知らん顔をしてきたのだ。

（でも、こんなのってないよ。せめて、沢城さんの口から言ってほしかったのに）

せっかく真実を知ろうと決心したのに、思いがけない展開で頭はぐちゃぐちゃだ。

空矢が乗ってきたであろうエレベーターは使う気がせず、階段を夢中で駆け下りる。

明日からどうしよう、と途方に暮れながら、夕貴はひたすら走り続けた。


「えーと、タイミング悪かった？」

夕貴が飛び出して行った後、へらっと空矢が頭を掻いた。

相変わらずだらしのない格好で、襟首《えりくび》の伸びたTシャツに安物のジャケット、膝の出たパンツに汚れたローファーを突っかけている。もちろん、無精髭も健在だ。

陸矢はしばらく兄を睨《にら》みつけていたが、やがて疲れ切ったように椅子《いす》へ座り込んだ。

「一体、何の用だ。金の無心なら、無駄だぞ」

「またまた、つれないなぁ。でもさ、藤野くんがスーツ着てここにいるってことは、この会社で働いてるんだろ？　じゃあ、俺が縁で知り合ったわけだ。だったら、ちょっとくらい感謝の気持ちを表してくれたっていいじゃんか。陸矢が興味持つなんて、よっぽどなんだし」

「おかしな言い方するな。俺は、ただおまえの代わりに……」

「俺の代わり？　まぁ、確かに勝手に名刺は渡したけどさぁ」

「おまえ……」

まるきり他人事のような口ぶりに、苛々《いらいら》しながら陸矢は言った。

「ナンパでもないのに、何だって俺を騙ったりしたんだ」

「へ？」

「いつもなら、女性を口説くのに俺の肩書を利用するじゃないか。だが、藤野はそういう相手じゃない。それなのに、どうして……」

「いや～……うん、だってさぁ……」

空矢はいきなり歯切れが悪くなり、そわそわと目を泳がせる。何があったんだ、と固唾《かたず》を飲んで返事を待っていると、やがて弱々しい笑みを浮かべて「目玉がね」と言い出した。

「あの子の目が、あんまり真っ直ぐでさ。きらっきらしながら〝ありがとうございます〟とか言うもんだから……何か、カッコつけたくなっちゃったんだよね」

「おまえ……」

「いいだろ、犯罪に使ったわけじゃなし。俺は、十万もあの子に出したんだぞ」

「………」

そういう問題じゃない、と怒鳴りつけたかったが、嘘を言ったことで自分も同罪だ。激高しかけた陸矢はかろうじて理性を働かせ、何とか怒りを鎮めようと努力した。

もともと、空矢がトラブルを運んできたのはこれが初めてではない。

良く言えば自由奔放、はっきり言うなら無責任で無鉄砲な双子の兄は、同じ顔なのを利用して幾度となく陸矢に迷惑をかけ続けてきた。それでも見捨てられなかったのは、犯罪に加担するような真似だけはしなかったことと、やっぱり血の繋《つな》がった兄弟だからだ。家柄の良い裕福な家庭である反面、何かと外聞を気にする両親の元で窮屈に育った陸矢には、空矢の自由さが羨ましくもあった。

けれど、今度ばかりはそんな悠長なことも言っていられない。

空矢のばら撒《ま》いた名刺のせいで、おこぼれに与《あずか》ろうと近づいてくる不埒《ふらち》な輩は後を絶たず、どうせ夕貴もその中の一人だと思い込んでいた。そのため、空矢に成り済ましてからかってやろうなんて考えたのがまずかったのだ。

「おまえが、〝借金の申し込みに来るかも〟なんて言うから……」

「だって、困ってるのは事実だったしさぁ。けど、まさか雇っているとは思わなかったよ。就職口を世話してほしい、とか頼まれたんだ？　何だ、陸矢も人が好い……」

バン！　と鋭い音が鳴り響き、びくっと空矢が黙った。

怒りに任せて机の上を叩いた陸矢が、剣呑《けんのん》な眼差しで彼を見る。

「――帰ってくれ」

低く、静かに、それだけを告げると、空矢はたじろいだように後ずさった。

今まで本気で突き放したことはないので、彼も二の句を継げないでいる。

しかし、転んでもタダでは起きないのが空矢の身上だ。

彼はすぐに気を取り直し、ニヤリと意味深に笑んで肩を竦《すく》めた。

「わかったよ、帰るって。……でもさ」

「…………」

「おまえ、本当にどうかしてるよ。俺に成り済ますなんて、どういう気まぐれなんだ？」

言うなりくるりと背中を向け、やや猫背に歩き出す。ふざけるなと怒鳴りつけたかったが、どうかしていると言われれば返す言葉などなかった。

「くそ……ッ」

己の捻《ひね》くれた心が生んだ後味の悪さに、陸矢は苦い思いを噛《か》み締める。

だから言わんこっちゃない、と嘆く、榊の溜め息が聞こえてきそうだった。

出社時間ギリギリまで迷っていたが、やっぱりズル休みをするわけにはいかない。夕貴は意を決して家を出ると、いつものように『ヨクサル』へ向かった。

「あれ、夕貴くん。その格好、どうしたの？」

「おはようございます、榊さん」

以前の安いスーツに戻った姿を見て、社長室の榊が目を丸くする。オーダーメイドにも少しずつ身体が馴染んできたところだったが、真相を知った今、陸矢に用意してもらったスーツを着るのは気が引けたのだ。何だか、彼との特別な繋がりがぷつんと切れてしまったようで、職場にもよそよそしさを感じてしまう。

「あの、社長は……」

「今日は、御門さんと会うってさ。昨日、夕貴くん任せで行けなかったしね」

「え、でも、報告書をまだ渡してないのに。今から、急いで送ります」

「別に急がなくても大丈夫だって。今日は『カルロッタ』の定休日だから、きっと御門さんの自宅か外で会ってるんじゃないかと思うし。何か、呼び出しかかったみたいでさ」

「そう言えば、御門さんと社長と榊さん、揃って同じ大学なんですよね」

「そうだよ。ただ、俺は御門さんとは面識なかったけどね。あの二人は二つ違いだけど、先輩後輩っていうより親友って呼んだ方がしっくりくるな」

「親友……」

夕貴くんのこと、俺は好きだな。

ふと、昨日の御門から言われたセリフを思い出した。あれはどういう意味なんだろう、と考えかけて、慌てて（どうもこうもないだろ）と思い直す。陸矢にキスされて以来、同性でも恋愛対象になるのかな、とかつい発想がそちらへ行きがちだが、御門は人懐こい性格をしている し軽いノリで口にしただけかもしれない。

（でも……俺は……）

キュッと、心臓が締め付けられるように痛んだ。

御門も陸矢も大人だし、どちらも女性からとても人気がありそうだ。だから、成り行きのキスや甘いセリフにも慣れているだろうが、夕貴は違う。高校時代は家計を支えるのに学校とバイトで明け暮れていたし、一度も彼女がいなかったわけではないが、軽く触れ合うキスがせいぜいの可愛い付き合いしか経験がなかった。

（〝どうかしていた〟って言われたのに。一人で真に受けて……バカみたいだ）

きっと、からかい甲斐のある子どもだと思ったことだろう。まして、恩人を間違えるようなポカをやらかしたのだ。もう、どんな顔をして陸矢に会えばいいのかわからなかった。

「あ、そうだ。社長の用事がないなら、今日は俺と一緒に来る?」

「榊さんと? 俺にお手伝いできること、ありますか?」

「まぁ、現場に来るのは勉強だしさ。俺が担当してるのは、小さなジェラートカフェなんだ。もとは沢城さんに依頼が来て、俺が引き継ぐ形になったんだけど、これから寒くなるだろ? 冬場にも客足が遠のかないよう、いろいろ考えているところなんだよ」

「へぇ、ジェラートかぁ。俺、大好きですよ。一年中食べたいくらいだな」

混沌《こんとん》と沈んでいた気持ちが、少し上向きになる。正直、仕事を振ってもらえるのは有難かった。これで、しばらくは余計なことを考えないで済む。

「よろしくお願いします」

張り切って答えると、初めての先輩ポジションにご満悦の榊が「おう」と頷《うなず》いた。


御門の自宅は、『カルロッタ』から徒歩十分ほどのマンションだ。イタリアで修業中に現地の女性と結婚して帰国したが、程なくして離婚し、それ以来独身生活を謳歌《おうか》している。

「まぁ、たった一年の結婚生活だったけどな。でも、帰国した直後だったし、沢城に声をかけてもらって救われたよ。あの時期が、一番へこんでたしなぁ」

どうぞ、とエスプレッソのカップを置かれ、居間のソファで携帯電話をチェックしていた陸矢は軽く頭を下げる。同じ独り身とは言え、無駄な物の一切ない自分の部屋に比べると、御門の住まいは住人に似て明るくモダンな内装だった。

「どうした、何かトラブル発生か？」

「いや、何でもない。メールのチェックをしただけだ」

「ふぅん」

意味深な目つきで見つめられ、何なんだと居心地が悪くなる。斜め向かいに座った御門は、長い足を組むなり「夕貴くんから何も連絡ないんだ？」と唐突に切り出してきた。

「おまえ、さっきからずっと着信を気にしてるだろ。何かあったんだな？」

「別に、そんなんじゃない。俺が留守で困ってないか、確認を……」

「昨日の夜、うちの店に空矢が来たぞ」

「…………」

今、一番聞きたくない名前を耳にして、瞬時に顔が強張《こわば》った。どのみち、勘の鋭い御門にごまかしは利かないのだが、それにしても我ながら正直すぎる。気まずい思いを押し隠し、陸矢はいっきにエスプレッソを呷《あお》った。

「あいつ、金がないから何か食わせてくれ、だとさ。冗談じゃないって追い返そうと思ったけど、気になることを言ってたんだよな。だから、つい厨房に入れちまった」

「食わせてやったのか?」

「一晩、皿洗いをする条件でね。まったく、残念が服を着ているような男だよ。真面目に修業していれば、今頃はそこそこの腕前でうちのナンバーツーくらいにはなれただろうに。同じ顔なのに、おまえら水と油だもんな。で、あらかたは空矢から聞いたんだ」

「………」

「最悪なばれ方をしたもんだな、陸矢」

「うるさい」

そんなこと、今更言われるまでもない。夕貴の傷ついた瞳を見た瞬間から、どれほど後悔したか知れないのだ。あの時、空矢さえオフィスに来なければ自分の口から言えたのに、と思ったところで時間はもう巻き戻せない。大体、真実をぐずぐず先延ばしにしていたのは自分自身で、誰のせいにもできなかった。

「夕貴くんの話を聞いたら、人物像があんまりにも陸矢とかけ離れていてさ。すぐに空矢だな、と思ったよ。でも、何でつまんない嘘なんかついたんだ? おまえらしくもない」

「………」

「まだ、翠川《みどりかわ》のこと、引き摺《ず》ってんのか?」

正面切って問いかけられ、陸矢は激しく動揺する。

ここ何年も、自分の前でその名前は誰も口にしなかった。それだけ気を遣われていたのだろうが、あえて御門が持ち出してきたことにもかなり狼狽する。

「俺が言うまでもないが、夕貴くんと翠川は違うぞ」

「……当たり前だ」

憮然として、陸矢は答えた。そんなのは、比べるまでもない。確かに、最初は空矢の言葉を鵜《う》呑《の》みにして警戒心を抱いていたが、実際に会って食事をした時から夕貴が下心で近づいてきたわけではないとわかっていた。

「だったら、どうして誤解をすぐに解かなかった？」

「それは……」

「夕貴くん、言っていたぞ。自分は、このまま『ヨクサル』にいていいのかって。もし人違いをしているなら、甘えてしまっていいんだろうかってさ」

「御門、おまえいつそんな話を……」

ちりっと、胸が焼け付く。自分の与り知らぬ間に、御門は夕貴からそんな話を聞いていたのか。そう思っただけで、嫉妬《しっと》が陸矢の心に渦巻いた。

「おまえなぁ、俺を睨むのはお門違いってもんだ。もとより、おまえら兄弟が蒔《ま》いた種だろうが。まったく、巻き込まれる側の身にもなってみろ。そんなんじゃ、もし俺が……」

「え？」

「あ……いや、今それは関係ないか。とにかく、おまえの本音が聞きたいね」

思わせぶりな言葉が引っかかったが、彼は余計な質問を避けるようにぐっと上半身を乗り出してくる。日頃は陽気で屈託のない彼が、厳しいくらい真っ直ぐな目を向けてきた。

「単刀直入に訊く。沢城、おまえは夕貴くんをどう思う？」

「どう……って……」

「好きか嫌いか、どうでもいいか。その三つの内、どれなんだ？」

「御門……」

「俺の言っている意味、わかるよな？　可愛い部下だとか、そういうおためごかしは無しだ」

好きか嫌いか、どうでもいいか。

実にシンプルな質問だが、それだけに逃げは許されなかった。

「俺は……」

「ちなみに、後出しは嫌だから言っておく。俺、夕貴くんが好きだよ。気に入っている。本人にもそう言った。もっとも、向こうは社交辞令くらいにしか思ってなさそうだけど」

「え……」

今度こそ、陸矢は言葉を完全に失う。いや、思考そのものが真っ白になるのがわかった。

御門が、夕貴を好きだと言う。しかも、すでに本人に伝えていると。だが、昨夜の夕貴からはそんな素振りは露ほども感じられなかった。仕事先の人間、まして同性から告白をされたのなら、普通はもっとパニックになってもおかしくないはずだ。

「まぁ、口説いたわけじゃないしね。さらっと好意を口にしただけだから。あの子、色恋には疎《うと》そうだし、まさか男から告白されるとは思わなかったんじゃないかな」

御門はさして気に留めた様子もなく、にっこりと陸矢へ笑んで見せた。

「で、おまえはどうなんだ、沢城？」

「どうって……何で、おまえに答えなきゃならないんだ」

「だって、返事次第ではライバルになるかもしれないだろう？」

「おい……」

冗談だろう、とウンザリ気味に思う。御門と男を巡って争うなんて、陸矢は夢にも思ったことなどなかった。大体、離婚したとはいえ、彼は普通に女性を愛する人種だ。何も好き好んで男を口説かなくても、相手には不自由なんてしていない。

「答えないってことは、どうでもいいって解釈でいいのかな」

逡巡《しゅんじゅん》する陸矢を、弄《もてあそ》ぶように御門は言った。

「沢城がどう思っているか知らないが、今の夕貴くんは傷心で落ち込んでいる。付け込むタイミングとしては、理想的かもな。このまま『ヨクサル』に留まるかどうかだって、わかんないし。とにかく、ぐずぐずしていたら手遅れになるってことだけは確かだ」

「何、考えている……」

「別に？　煮え切らないおまえより、夕貴くんに相応しい場所も相手も他にあるんじゃないかと思ってさ。おまえは、どうして自分が嘘をついたのか、もうちょっと真剣に考えてみた方がいいよ。本当は、わかっているんじゃないか？　翠川が理由なんかじゃないって」

「え？」

「恩人じゃない、しかも空矢に成り済ましていた、なんて知った夕貴くんに、がっかりされたり軽蔑《けいべつ》されたりするのが怖かったんじゃないのかよ。でも、その結果があの子を傷つけたって事実は重く受け止めた方がいいと思うな」

「…………」

悔しいが、何も言い返せなかった。

自己嫌悪に苛《さいな》まれながら、陸矢は鳴らない携帯電話を気に掛ける。

あれから、飛び出した夕貴はどうしただろう。今朝は、普通に出社したのだろうか。とりとめもなくあれこれ考え、自分がどれほど彼の一挙手一投足に心を乱されていたのか呆然《ぼうぜん》と思い知らされていた。

「沢城、おまえが優柔不断なままなら、俺は夕貴くんを本気で口説くよ」

自信たっぷりな声音《こわね》が、御門の唇から生み出される。

陸矢は沈黙を守ったまま、ただ彼を睨みつけるしかなかった。

5

翌日、出社した夕貴は社長室に入るなりその場で硬直した。

まるで待ち構えていたように、陸矢が怖ろしい顔で仁王立ちになっていたからだ。

「お、おはようございま……」

「スーツは？」

「はい？」

「俺が用意してやったスーツはどうした、と訊いているんだ」

開口一番、挨拶もすっ飛ばして詰問され、ドキドキと鼓動が不穏な音を刻んだ。ただでさえ取っ付き難いのに、明らかに怒り顔の陸矢にはどんな言い訳も一刀両断されてしまいそうだ。

また、こんな時に限って榊はおらず、室内は二人きりだった。

「え、えっと、スーツは……着ていません」

「何故？」

「……沢城さんの気持ちが、全然わからないからです」

仕方なく、夕貴は白状した。

どちらにせよ、陸矢とはちゃんと話さなくてはと思っていたのだ。覚悟を決めてしゃんと背を正し、真っ直ぐ見つめ返して口を開いた。

「俺、スーツを作ってもらって、嬉しかったんです。もちろん分不相応だし、最初は困ったけど……このスーツに見合う、ちゃんとした仕事をしろって意味だと思って。沢城さんなりの激励だからって、有難く受け取ることにしたんです。でも、それもこれも全部、嘘から始まったんだと思うと……沢城さんが、どういうつもりで俺を雇ってくれたのか、そこからわからなくなっちゃったんです。だから……すみません」

「どうして、おまえが謝るんだ。騙していたのは俺だろう」

憮然として、陸矢が答える。

思いの外、夕貴が素直に心情を吐露したせいで狼狽しているようだ。

「あの、沢城……じゃない、社長」

「何だ？」

「とりあえず、本日のスケジュール確認をさせてください。午前中は仕事が詰まっています。もし差し支えなければ、終業後にでもお時間をもらえますか？」

「…………」

「社長？」

不意に陸矢が黙り込んだので、不審に思って問い返す。だが、不機嫌な沈黙ではなかった。彼は唇の片端を軽く上げ、笑みとも溜め息ともつかない吐息を一つ漏らすと、毒気の抜けた視線でこちらを見返してきた。

「そうだな、まずは仕事だ。藤野、今日のスケジュールは？」

「は、はいっ」

張り切って返事をして、夕貴は本来の業務に戻る。内心、大きな安堵も感じていた。昨日からずっと、陸矢と顔を合わせたらどうしようかと悩んでいたのだが、否応なく彼が切り込んでくれたお陰ですんなり話すことができた。だからと言ってわだかまりが解消したわけではないが、少なくとも無駄な落ち込みからは浮上できそうだ。

「そういえば、昨日は榊さんの仕事に同行させてもらいました」

業者との打ち合わせに出るため、資料を揃えながら夕貴は話す。

「銀座《ぎんざ》のジェラートカフェで、冬場のフェアをどうしようかって」

「ああ、俺が内装とメニュー開発を手掛けたやつか。今は、冬でも売り方次第で逆に業績を上げることができる。何せ競争相手が減るからな。上手く仕掛けろって言っておけ」

「あの、じゃあ……アイスケーキのデザインなんかも社長が……？」

「やったぞ。店長と相談しながらな」

「…………」

やっぱりそうか、と思わず苦笑いを浮かべたら、不可解な顔で「どうした？」と問われた。慌てて何でもありませんと首を振り、夕貴は心の中でこっそり感動する。つい先日『カルロッタ』の三種の豆サラダが陸矢のアイディアだと聞いたばかりなので納得できる流れではあるのだが、この無愛想な男のどこからあんな可愛いビジュアルが浮かぶのかと不思議だった。

（だって、本当に可愛かったよな。ぎゅぎゅっとフルーツを盛って三段重ねとか、ゼラチンでカラフルに彩ってたりとか、クリームが繊細なレースみたいだったりとか……）

無論、プロである店長の意見も大きいだろう。しかし、アンティークピンクでまとめたクラシックな内装は女性のみならず大人のカップルにも馴染む空間だったし、決して広くはない店内の居心地の好さには誰もが表情を緩めていた。

それら全てに陸矢のセンスが活かされているなら、彼に依頼が殺到するのも納得だ。

（じゃあ、俺は……何がしたいのかな。沢城さんの下で、何ができるんだろう）

もっと勉強がしたい、と切実に思った。

今まで高卒で後悔したことはなかったが、それは極めたい分野が自分になかったからだ。早くお金を稼げるようになって母親に楽をさせたい、それが人生の目標だった。

（いいな……榊さんは、沢城さんの後輩で）

仕事のことばかりではないが、とても榊が羨ましい。陸矢と過ごした学生生活は、どんなに楽しかっただろう。もっとも、自分は彼より七歳も年下なので同じキャンパスに通うのは無理だが、想像するだけで胸がわくわくした。

（俺、やっぱり『ヨクサル』で働きたいな。沢城さんの側で勉強したい）

どれだけ逡巡しても、最後はそこへ行きついてしまう。いつの間にか、陸矢も『ヨクサル』も自分の中に大きな存在として刻まれているのだ。

落ち着いてちゃんと話して、嘘が何もなくなったら改めてお願いしてみよう。そう心に決めた途端、憂いがすっと消えていくのがわかった。夕貴は小さく深呼吸をし、「行くぞ」と声をかける彼に笑顔で「はい」と答えた。


一日の業務が滞りなく終了し、時計を見たらもう八時になっていた。

一旦帰社した陸矢が帰り支度を整え、同じくパソコンの電源を落とした夕貴を振り返る。

「とりあえず、どこかで夕食を取ろう。時間は大丈夫か？」

「大丈夫です。母も、すっかり元気ですし」

「そうだったな。じゃあ……」

会話の途中でノックの音がし、返事を待たずに榊が入ってきた。朝からずっと外回りだったので、今日は初めて顔を見る。だが、何があったのか彼は血相を変えており、挨拶もそこそこに早足で陸矢の前へやってきた。

「社長、ちょっとお話があるんですが！」

「何なんだ、藪《やぶ》から棒に。何かトラブルか？」

「御門さんが引き抜かれて、『カルロッタ』を辞めるって本当ですか！」

「え……」

「ええっ！」

思わず、夕貴の方が大きく反応してしまう。寝耳に水とはこのことで、一昨日に会った時にはそんな素振りの欠片《かけら》も見られなかった。何かの間違いじゃないかと思ったが、それにしては榊の表情は真に迫っている。

「御門が？　榊、それはどこの情報なんだ？」

あくまで冷静に、陸矢が尋ねた。眉を顰めてはいるが、まだ信じてはいないようだ。

「それと、誰かに話したり訊いて回ったりはしていないだろうな？　こういう噂は、尾ひれがついてすぐに業界に出回る。それでなくても、『カルロッタ』は御門の味で勝負している店だ。あいつがいなければ、それはもう『カルロッタ』じゃない」

「もちろん、言っていません。てか、言えませんよ！　真偽はともかく、まずは社長に話さなくちゃと思って急いで戻ってきたんですから」

「そうか」

とにかく落ち着け、と榊に言い聞かせ、彼は夕貴へ視線を移した。

「悪いが、藤野。こういうわけだから、今夜は無理だ。近い内に、日を改めて話そう」

「わかりました。あの、俺もここでお話を伺ってもいいですか。御門さんには、俺も凄く良くしてもらっているし」

「…………」

どういうわけか、一瞬だけ陸矢の表情が曇る。だが、彼はすぐに横を向くと「勝手にしろ」と素っ気なく言い放った。ぶっきらぼうな態度はいつものことなので、夕貴も深く気に留めずに「ありがとうございます」と頭を下げる。何より、今は御門の件が気掛かりだった。

「俺が聞いたのは、ジェラートカフェに乳製品を卸している業者からなんです。たまたま打ち合わせ中に納品があって、流れで雑談してたんですよ。そうしたら、店長がちょっと席を外した時に耳打ちで教えてくれて。何でも、その業者が出入りしているイタリアンレストランでメインシェフが代わるって話が出ているらしくて、新しいシェフ候補に御門さんの名前があったんだそうです」

「それ、どこの店だ？」

「青山《あおやま》の『ポルトフィーノ』です。ミラノの三つ星で働いていた秋葉《あきば》ってシェフが売りだったんですけど、今度独立するとかで。彼に匹敵する腕の持ち主を探しているって話は、俺も小耳に挟んでいたんですけど……まさか御門さんが……」

「『ポルトフィーノ』の秋葉シェフか。あの人は、ミラノで御門と同門だったからな。彼が後釜に推薦したんだとすれば、眉唾《まゆつば》な話でもない」

「どうすんですか、社長！」

はわわ、と榊が真っ青になって叫んだ。

「御門なんて名前、間違いようがないですよね！『ポルトフィーノ』は本格的なリストランテで、格で言えば『カルロッタ』の遥か上ですよ！　あと、迫田《さこた》グループの系列だから年棒とかむっちゃくちゃ高いし！」

「あの、榊さん。高いってどれくらい……」

「二千万から三千万は固いかな！」

「えええっ」

ヤケクソで声を張り上げる榊に、尋ねた夕貴も大声を出す。

現状、御門がどれくらいの収入を得ているのかは知らないが、『カルロッタ』は庶民的なトラットリアで価格設定もべらぼうに高くはしていない。そのくせ食材はこだわって一級品を揃えているから、どうしてもしわ寄せはギャラの方へ寄りがちだった。

「恐らく、現在の二～三倍は確実だと考えていいよ。御門さん、職人肌だから金だけに目が眩《くら》む人じゃないけど……ただ『ポルトフィーノ』は客筋も良くて舌の肥えている人が多いし、腕の揮《ふる》い甲斐はあるはずなんだ」

「そんな……」

「榊も藤野も、少し落ち着け。まだ御門からは何も聞いてないし、俺が直接……」

狼狽する夕貴たちを宥《なだ》めている時、陸矢の携帯電話が鳴り出した。彼はすぐさま内ポケットから取り出すと、発信元を確認してしかめ面をする。

「……御門だ」

「うわ……」

ごくっと、榊が生唾を飲み込んだ。あまりにタイミングが良すぎて、夕貴も思わず緊張を高める。しかし、陸矢はすぐに電話には出ず、悪いが席を外してくれ、と告げてきた。

「わかりました……」

仕方なく了承し、榊と共に夕貴は廊下に出た。気が気ではなかったが、ここで下っ端の自分が騒いだところで事態は何も変わらない。けれど、もちろん帰るなんて真似はできず、陸矢の電話が終わるまで二人してそわそわと待つことにした。

「でも、びっくりしたなぁ。御門さん、社長の親友だぜ？　何の相談もなしに裏切るかな」

「裏切るなんて……今の電話が、相談なんじゃないんですか」

「本気で迷っていたら、噂が出回る前に話しているよ。そういうもんだろ？」

「……ですよね」

屈託のない陽気な笑顔や、迷いのない大らかな声音。知り合ってまだ日は浅いが、夕貴の想い浮かべる御門祥平《しょうへい》という男は、決して親友に隠れてコソコソ立ち回る人間ではなかった。けれど、人にはいろんな顔があるし、様々な事情を背負っている。そのことは空矢と陸矢の件で骨身に染みていたので、頭から完全否定はできなかった。

「あ、社長」

携帯電話を右手に持ったまま、陸矢が廊下へ顔を出す。その表情は、まるで苦虫を噛み潰したようだった。あまり愉快な内容でなかったのは一目瞭然で、榊も夕貴も暗い気分になる。

——ところが。

「藤野、ちょっといいか」

「は、はい？」

「御門が、おまえと話したいと言っている」

「え……」

話したい？　御門さんが自分と？　入社して一ヶ月あまりの人間と一体どんな話を？

一瞬の間に、夕貴の頭は「？」マークで埋め尽くされた。もちろん、心当たりなどまったくない。どういうことかと目で問うと、不機嫌な溜め息が返ってきた。

「どうやら、引き抜きの件は本当らしい。そのことで話したいと言ったら、俺じゃなく藤野を寄越せと言ってきた。おまえにならら、説明をするそうだ」

「どうして……」

「さぁな。あいつの考えていることは、俺にはよくわからない」

眉間に皺《しわ》を寄せて呟く姿に、夕貴の胸はひどく痛んだ。同時に、陸矢にこんな顔をさせた御門がとても恨めしくなる。どうして自分が指名されたのか謎だが、まだ交渉する余地があるのなら彼のためにも何とかしたかった。

「わかりました。俺、行ってきます」

「……いや、いい。行くな」

「え？」

「行かなくていいと言ったんだ」

「どうして……ですか？」

耳を疑い問い返す夕貴から、陸矢がフイと視線を逸らす。取りつく島のない横顔は、激しい葛藤に歪んでいた。何故反対するのか理解に苦しんでいたら、榊が彼へ食ってかかる。

「ダメですよ、社長！　ちょっとでもチャンスがあるなら、何だってやらないと！」

「榊……」

「御門さんの問題は『カルロッタ』存続に関わるんですよっ？　あそこは、うちがプロデュースから経営まで一括管理しているモデルケースで、言わば『ヨクサル』の顔なんです。万一、潰れるようなことになったら、イメージダウンは必至です！」

「……くそ」

「それに、御門さんがこんな真似をするなんて絶対理由があると思います。確かめもしないで諦めるなんて、俺、嫌ですよ！　社長だってそうでしょうっ？」

「俺、行きますから！」

たまらず、夕貴も口を挟んでいた。

何ができるかわからないが、御門が話したいと言うなら絶対に行くべきだ。

「沢城さん、行かせてください。説得できるか頑張ってみます」

「………」

「沢城さん！」

どういうわけか、それでも陸矢は迷っている。そんなに信用できないのか、と情けなくなった夕貴は、そのまま踵を返して駆け出そうとした。その右手首を、彼が慌てて捕まえる。

「おい、どこへ行く気だ？　勝手な行動を取るな！」

「だって、沢城さんがはっきりしないから！」

「藤野……」

「何をためらっているのか知らないけど、やりもしないで諦めるなんて俺は嫌です！　御門さんだって、話せばわかってくれるかもしれないじゃないですか。そもそも、本当に別の店へ移るって決めたわけじゃないんですよね？　だったら……」

「おまえは！」

遮《さえぎ》るように怒鳴られて、びくっと言葉を飲み込んだ。

間近に迫る陸矢の瞳は、もどかしさと苛立ちを含んでとても苦しそうだ。

「おまえは……知らないから……ッ……」

「知らない？　何をですか？」

「…………」

「沢城さん！」

いつの間にか社長呼びを止めていることにも、夕貴は気づいていなかった。自分にとって、陸矢は社長である前に『沢城』という名前を持った大事な人なのだ。そうと意識するより先に本能がそれを悟り、彼との距離を肩書で隔てまいとしていた。

社会人としては、あるまじき考えかもしれない。あくまで陸矢は上司、自分は部下だ。けれど、彼の側にいたいという抗《あらが》い難い衝動は、すでに部下としてのそれではなかった。

「あの～、じゃあ社長が一緒に行けばどうですか」

二人の雰囲気に気圧されて、沈黙していた榊がおずおずと発言する。

「御門さんだって、責任者抜きで通せる話じゃないってわかってると思いますけど」

「いや……藤野と二人で話したいそうだ」

「ダメなんですか？　御門さん、何でまた夕貴くんに執着してるんだろう。あの人、誰にでも気さくに接するけど、他人を追いかけるタイプじゃないですよね」

渋面の陸矢に、納得がいかないと榊は首を捻った。それは夕貴も同意だが、とにかくグズグズしてはいられない。御門の真意など、会って直接本人に訊けばいいことだ。

「遅くなるのは得策じゃないです。

「藤野！」

無理に振り払おうとした右手を、逆に強引に引き寄せられる。あ、と思う間もなく夕貴はバランスを崩し、倒れ込むように陸矢の胸へ抱き止められた。

「す、すみま……」

慌てて身を起こそうとしたが、背中から強く力を込められて身じろぎできなくなる。彼の腕の中でぎゅっと抱き締められ、夕貴の体温がたちまち上昇した。

「沢城さ……」

「行って、どうなったって知らないぞ」

「え？」

「くそ、御門がおかしなこと言うから……」

「…………」

こちらにしてみれば、陸矢の方こそ意味不明なセリフの連発だ。あまつさえ、有無を言わさず抱き締められてはお手上げだった。羞恥《しゅうち》と混乱の渦の中、目の前で思わぬラブシーンを繰り広げられた榊が顔を赤くしたり青くしたりする様子が目に入る。だが、離してくださいと突き飛ばすことは、夕貴にはどうしてもできなかった。

「沢城さん、あの、俺なら大丈夫ですから」

彼の腕に抱かれたまま、宥めるように柔らかな声を出す。

何故かはわからないが、陸矢はひどく追い詰められているようだった。御門の移籍はショックだろうが、それ以外の事情に振り回されている気がする。それが何かはわからないが、少しでも彼の憂いは取り除いてあげたかった。

「ちゃんと御門さんと話して、何を考えているのか聞いてきます」

「そんな上手くはいかない。御門は、おまえが思っているよりずっと……」

「ずっと？」

「性格が悪いんだ、畜生」

拗《す》ねた口調で悪態を吐かれ、こんな時だが吹き出しそうになる。誰も知らない顔を見せるほど、彼らは互いに心を許し合い、友情を築いてきたのだろう。

「じゃあ、充分に気をつけます」

少しだけ心が解《ほぐ》れて、夕貴は心もち明るく言った。いつまでもこうしていても埒が明かないと思ったのか、ようやく陸矢の腕から力が抜ける。良かった、と息をついて身体を離し、もう一度力強く夕貴は微笑んだ。

「いろいろ片付いたら、今度こそゆっくり話したいです。沢城さん、俺に嘘をついたことだってちゃんと謝ってくれてないですよね。俺、けっこう傷ついたんですから」

「……そうだな」

「御門さん、今すぐ来てくれって言ってました？　このまま向かった方がいいのかな」

「いや……」

「沢城さん？」

歯切れの悪い返事をし、彼は不本意そうに呟いた。

「……おまえの都合に合わせるそうだ。連絡がほしいと言っていた」

「わかりました」

携帯電話の番号を伝える時、まだ抵抗があるのか再び陸矢はしかめ面になる。だが、夕貴の覚悟を聞いてようやく反対する気は失せたらしい。一体、御門との間に仕事以外で何があったのか、その辺もいつか訊いてみたいと思った。

「あの～……二人とも、俺のこと忘れてるみたいだけど……」

一通りの会話が済んだ頃を見計らい、遠慮がちに榊が割り込んでくる。あらゆる衝撃が押し寄せたためか、驚きが一周してもはや悟りきった表情になっていた。

「何か、俺の知らないところでいろいろバレてたんですね。空矢さんのこととか」

「あいつが、いきなりオフィスへ来たんだ。どうせ、また金の無心だ」

「空矢さんって、お金に困っているんですか？　だったら、俺、あの十万を早く返さないと」

「藤野は気にしなくていい。空矢の場合、自業自得だ」

「でも……」

そんなわけにはいかない、と目で訴えると、疲れたような溜め息が返ってくる。榊が、ほら見たことか、というように陸矢をねめつけ、「あ〜あ」と肩を竦めた。

「俺が言った通りじゃないですか。空矢さんの実態を知ったら、夕貴くんは絶対そういう反応をするって。ま、だからますます真実を言い難かった、てことなんだけどね」

「そう……なんですか？」

「うん、後は社長の口から聞いてよ。とにかく、御門さんとの決着をつけなきゃだろ？」

「はい」

夕貴は頷き、急いで教えられた番号にかけてみる。陸矢はまだ何か言いたげだったが、毅然《きぜん》とした態度で無視をした。これ以上、時間を無駄にするわけにはいかないのだ。

自分の交渉に『カルロッタ』の存続がかかっている、と思うと、自然と手が震えてきた。


「よく来たね、夕貴くん。さぁ、どうぞ」

マンションを訪れた夕貴を、御門が軽やかに出迎える。

時刻は十一時近くなっていたが、彼にとってはまだ宵の口も同然らしい。

「翌日の仕込みで残業もしょっちゅうだしね。日付が変わる前に帰宅できれば御の字だよ」

「お疲れのところ、押しかけてすみません。早い方がいいかと思ったので……」

「構わないよ。俺も、そのつもりでいたから」

恐縮する夕貴を居間へ案内しながら、彼はにこやかな笑顔を見せた。

電話に出た御門から、今からすぐ来られるかと訊かれた夕貴は「もちろんです」と即答した。むしろ、日延べしないことが有難かったくらいだ。どうせ、気になってろくに眠れなくなるのは目に見えていた。

「お邪魔します」

御門のマンションは独身男性には少し広い、十畳ほどの居間に寝室とダイニングキッチンがついた1LDKだった。意外にもキッチンはさほど使い込んだ様子がなく、家ではあまり料理はしていないようだ。職場のまかないで事足りるのだろうが、裏を返せばほとんど人の出入りがないのかもしれない。交友関係の広そうなイメージがあったので、少し意外だった。

「ちょうど昨日は、沢城もここへ来ていたんだよね」

「そうですね。御門さんから呼び出しがかかったって聞きました。あの、その時には引き抜きの話をするつもりじゃなかったんですか？」

「単刀直入だなぁ」

淹《い》れたてのコーヒーのカップを置き、彼は苦笑いをする。

「でも、しょうがないか。その話をするのが目的だもんな。しかし、よく沢城が許したね」

「え、どういう意味ですか？」

何となく意味ありげな物言いに、ドキリとして訊き返した。確かに夕貴が行くのを渋ってはいたが、そんなに自分は頼りないだろうか。

（そりゃ実績も経験もない、二十歳そこそこの若造だけど。そんな俺を指名したのは、御門さんの方じゃないか。ちょっと傷つくなぁ）

いただきます、とコーヒーに口をつけ、何から切り出そうかと考えた。『ポルトフィーノ』になんか行かないでください、とストレートに訴えても、はたして聞く耳を持ってくれるか心許ない。榊の話によれば年棒は今の数倍らしいし、情だけでビジネスはやっていけないだろう。

（だけど、『カルロッタ』は御門さんと沢城さんが、二人で作り上げた城みたいなものだし。離婚して落ち込んでいた時に誘われて、凄く救われたって話していたんだよな）

先ほどの考えとは矛盾するが、やっぱりダメもとで情に訴えてみようか。

あれこれ思案に暮れながら、半分上の空でコーヒーを飲み続ける。ドリップしたコーヒーは簡易版だったが、苦味のある香ばしい飲み口が非常に美味しかった。

（これ……沢城さんの好みだ……）

ハッと、夕貴は胸を衝かれる。一緒に行動を共にして陸矢の好みは大体把握していたが、彼は苦味の強いコーヒーが好きで、逆に豆が酸っぱいとほとんど飲まないのだ。

（もしかして、御門さんが淹れるコーヒーに馴染んでるから……？）

そう思った瞬間、やるせない気持ちでいっぱいになった。

一朝一夕ではない二人の付き合いが、こんなことでぎくしゃくしてしまうのは絶対に嫌だ。

とにかく、御門の真意を確認しようと口を開きかけた時だった。

「あのさ、沢城は知っているんだよね」

「知っているって……何をですか？」

出鼻を挫《くじ》かれて、少々気後れしつつ夕貴は尋ねる。傍らの御門は悪戯っぽく笑むと、表情を窺うようにぐっと顔を近づけてきた。

「俺が、夕貴くんを好きだってこと」

「え……？」

「嫌だなぁ、そんな呆《ほう》けた顔をして。俺、ちゃんと言ったじゃない。君が好きだよって」

「あ、や、そう、ですけど……あの……」

「沢城がここへ来た日に、夕貴くんの話が出たんだよ。ほら、空矢に成り済ましていたことが君にバレちゃって拗《こじ》れてる時。で、流れで俺もつい言っちゃったんだよね。あの子が好きだ、これから口説くよって」

「……冗談ですよね？」

いくら何でも、と笑ってごまかそうとしたが、どうしても顔が強張ってしまう。それは、御門の瞳が少しも笑っていないことに気づいたからだ。いつもと変わらない明るい笑顔の下で、彼の本気が真っ直ぐに伝わってきた。

「あ……の……」

ソファの上でじりじり距離を詰められ、夕貴は無意識に下がろうとする。だが、一方は壁だし背後は背もたれでしっかり塞《ふさ》がれていて逃げ場などどこにもなかった。本能的に（ヤバい）と思ったが、こんな場所にうっかり座った己を恨むばかりだ。

「お、俺は口説かれに来たわけじゃなくて、御門さんの引き抜きが……」

「うん、声をかけられたよ」

「本当ですか！　どうするんですか！」

「どうしようかなぁ？」

あくまで声音は優しいが、夕貴は確実に追い詰められていた。何気なく摑まれた肩に軽く力を入れられ、え、と思っている間にぐるりと視界が一回転する。

「わわっ」

布張りのシートを背中に感じ、押し倒されたんだ、とやっと自覚した。嘘だろ、と急いで起き上がろうとしたが、すかさず御門が圧し掛かってきてそれも叶《かな》わなくなる。

「み……かどさん……」

「夕貴くん、好きだよ」

すぐ目の前に、美麗な笑顔が迫った。

女の子だったらすぐポーッとなるような、色香と男臭さが程よく混じった魅力的な顔だ。けれど生憎《あいにく》と夕貴は男だし、見惚《みと》れるより先に逃げなくちゃと焦りが募る。いや、仮に女の子だったとしてもやっぱり同じだったろう。彼には悪いが、少しも胸はときめかない。陸矢に抱き締められた時のような甘い陶酔は微塵《みじん》も感じられなかった。

「そんなに拒絶されると、さすがに傷つくなあ」

組み敷かれた身体でジタバタもがく夕貴に、御門が小さく溜め息をつく。

「じゃあ、こうしようか。夕貴くんが付き合ってくれたら、俺も『カルロッタ』に残る」

「え……」

「だって、俺を引き止めるために来たんでしょう？　沢城も承知の上で」

「さ、沢城さんは、そんな目的があったわけじゃなくてっ」

「あれ、夕貴くん忘れちゃったの？　沢城は、俺が君を好きだって知ってるんだよ？」

「…………」

さらりと言われた一言に、思わず頭が真っ白になった。

絶句する夕貴を憐《あわ》れむように見下ろして、御門は殊更柔らかな声を出す。

「いくら俺のリクエストだからって、狼の元へ羊を届けるような真似するかなぁ。それなら、何か考えがあってのことだと思うよね？　違うかな？」

「そ……んな……」

「ん？」

「そんな……ことは……」

必死に否定しようとしたが、唇が震えて上手く動かせなかった。そんなことはない、と頭ではわかっているのに、「沢城は知っていた」という事実が夕貴の心に翳《かげ》を落とす。

だったら、どうして事前に言ってくれなかったのだろう。親友を信じていたから、部下に無体など働かないと思っていたのだろうか。

『おまえは……知らないから……ッ……』

そうだ。彼は、そう言っていた。

唐突に蘇った言葉に、夕貴は愕然とする。陸矢は、こうなる可能性を危惧《きぐ》していたのだ。だから、あんなに行かせるのを渋って、険しい顔をしていたのに違いない。けれど、どうしても行くと言い張ったら最後には譲ってしまった。何が何でもダメだ、とは言わなかった。

「どうして……」

裏切られたような思いで、夕貴はくしゃ、と瞳を歪める。

御門がハッとしてたじろぎ、心配そうに「夕貴くん……？」と呼びかけた。

「どうしてだよ、沢城さん……」

「…………」

「平気なのかよ。俺が、御門さんとこうなっても……いいって、そういう……」

「――俺と行かないか？」

早口で夕貴の言葉を遮り、真剣な口調で御門が詰め寄ってくる。

「夕貴くんさえ良ければ、『ポルトフィーノ』に俺と移ろう。君だって、もう沢城の下で働きたくなんかないだろう？　あいつは、君を騙していたんだぞ。空矢を恩人だと慕う君の気持ちを軽んじて、兄に成り済まして知らん顔をしていたじゃないか」

「違う……」

「違わない。沢城は、ずっと依怙地《いこじ》になっている。自分に近づく人間は全員下心があるって、そんな風に思い込んでいるんだ。夕貴くんと少しでも一緒にいれば、君がそんな子じゃないのはわかりそうなものなのに素直に認めようともしない。臆病《おくびょう》で自分勝手な奴なんだよ」

「違う、沢城さんはそんな人じゃ……」

「じゃあ、どうして今夜君をここへ寄越したんだ。俺に君を奪われてもいいと、そう思っていたからじゃないのか？」

「…………」

声を荒らげて御門は言い放ち、目を覚ませと言わんばかりにきつく肩を揺さぶった。だが、夕貴にはどうしてもそうは思えない。第一、奪われるも何も自分は彼のものだったことさえないのだ。ただ、側にいたいと勝手にこちらが思っていただけだ。

「はな……離してください、御門さん。俺、今日は帰ります。話は、また改めて……」

「帰さないよ」

「御門さんっ」

「どうして、そんなに沢城がいいんだ？　君の恩人は空矢だろう？　陸矢に操立《みさお》てする義理なんか、どこにもないじゃないか。奴が買い与えたスーツだって、もう着ていないくせに」

「それは……」

逃れようと懸命にもがきながら、夕貴はひたすら抵抗した。

操立てとか恩人とか、そんなのはもう関係ない。陸矢だから、良かったのだ。彼が触れるからドキドキしたし、どんな邪険な態度にも怯《ひる》まなかった。キスされて、なかったことのように振る舞われて、いちいち傷ついたのだって相手が陸矢だったからだ。

「ああもう、元気の良い子だな」

持て余し気味に御門が呟き、不意に顎を摑まれた。

「やめ……」

そのまま軽く上向きにされ、無理やり唇を重ねられそうになる。体重をかけて動きを封じ、息がかかるほど近くに御門が迫ってくるのを見て、もうダメだと観念しかけた――その時。

「おいっ！」

剣呑な声と同時に、いきなり身が軽くなった。圧迫していたものが退かれ、慌てて夕貴は上半身を起こす。怖ろしい形相をした陸矢が、御門の右手を乱暴に捻り上げていた。

「何やってるんだ！　御門！」

「沢城……」

「心配になって来てみたら、まさかおまえが……」

後は、怒りで声にならないらしい。そんな親友を見て、痛みに顔をしかめながらそれでも御門は笑っている。そのちぐはぐな構図は、夕貴の目にひどく奇異なものに映った。

とにかく下りなくては、と床によろよろと足をつける。

ろくに力が入らず苦労したが、何とか立って彼らから距離を取ることができた。

「藤野、大丈夫か。だから、行くなと言ったろうっ」

「沢城さん……」

「御門とは俺が話をつける。おまえは、何もしなくていい」

「あれ、そんなのはダメだよ。今、夕貴くんを『ポルトフィーノ』に誘ってたんだから。せっかく三人揃ったんだし、ちゃんと話し合えばいいじゃないか」

素直に腕を預けながら、御門はあくまで強気を崩さない。

「沢城、俺はこの前おまえに言ったよな？　夕貴くんに相応しい場所も相手も、他にあるんじゃないかって。あれから、真剣に考えたのか？　その結果が、今夜の顛末《てんまつ》か？」

「御門……」

彼の言葉を聞くなり、陸矢は微かな動揺を顔に出した。

「何だよ、それ……」

信じられない、と夕貴の瞳が怒りに滲《にじ》む。

知らないところで勝手に取り引き材料のように扱われ、そんな会話が交わされていたのか。

あんまりな事実に愕然とし、気が付けば玄関に向かって歩き出していた。

「俺……帰ります……」

「藤野、待て。帰るなら送って……」

「いらないよ！」

激しい拒絶が、叫びとなって迸《ほとばし》る。もう何もかもウンザリだった。

優しい理解者の振りをしていた御門も、彼の気持ちを知りながら何も教えてくれなかった陸矢も、そうして――一人で交渉ができると自惚《うぬぼ》れていた自分自身にも。

「沢城さん、俺が御門さんに告白されて、もしついていくってなったとしても平気だったんだよね。だから、事前に何も言ってくれなかったんだろ」

「違う、そうじゃない」

「男同士だから、そんなこと絶対ないって思ってた？　それとも、俺が勝手に張り切ってたから好きにさせようって思った？」

「藤野……」

やめよう、と夕貴は胸で呟いた。

これ以上は、きっと醜い言葉しか出てこなくなる。

「俺は『ポルトフィーノ』には行きません。『ヨクサル』も辞めます」

「おまえ、何を……」

「夕貴くん……」

陸矢と御門が、揃って顔色を変えた。

二人とも信じられないといった様子で、頑なになった夕貴へ声をかけられずにいる。取り返しのつかない一言だという自覚はあったが、すぐに撤回する気持ちにはなれなかった。

「一人で帰ります。さようなら、お邪魔しました」

短く一礼し、夕貴は玄関を目指した。我に返ったように何度か名前を呼ばれ、追ってくる足音がしたが、靴を摑んで振り向かずに廊下へ飛び出す。頭が冷えるまで、誰とも会いたくないし話したくなかった。

「何なんだよ……もう……」

夜空の下を歩きながら、溢《あふ》れてくる涙を乱暴に拭う。

生まれたての淡い想いが、小さく胸の奥で弾ける音がした。

6

夕貴が出て行ってからも、しばらく御門と陸矢は黙り込んだままだった。

重苦しい沈黙がひたすら積もっていく室内で、先に口を開いたのは御門の方だ。彼は掠《かす》れた声で「まいったな……」と呟くと、呆然自失の体《てい》で立ち尽くす陸矢の肩を軽く叩いた。

「触るな」

取りつく島のない声で拒絶され、暗く溜め息を漏らす。

だが、陸矢にしてみれば怒りの矛先を親友に向ける以外、為す術がなかった。

「おまえを信用していたんだぞ、御門。まさか、藤野にあんな無理強《じ》いをするとは思わなかった。大体、おまえらしくないだろうが。嫌がる相手を……」

「うるさいな。誰かさんが、ぐずぐずと遅いからじゃないか」

「え……」

心外な一言に、驚いて相手を見つめ返す。今の口ぶりだと、まるで自分の登場を待っていたようではないか。だが、玄関の鍵が開いていた事実にすぐ思い当たり、陸矢は呆然とした。

「おまえ、どうして……」

ますます不可解な思いに捕らわれ、決まりの悪そうな親友に詰め寄る。

「答えろ。事と次第によっちゃ、タダじゃおかないぞ。藤野を、あんなに怖がらせて」

「はいはい、その点については心から悪いと思ってるよ。でもさ、慄《おのの》く夕貴くんがあんまり可愛いんでちょっと理性がね、途中でヤバくなっちゃって」

「御門！」

怒鳴るや否や、彼の右頬を拳《こぶし》で殴りつけた。勢いに負けて御門はふらつき、ソファの背もたれに寄りかかる。避けもせずにまともに受けたのは、彼なりの反省を示したのだろう。

「ま、本当はおまえじゃなく夕貴くんに殴られないとな。後で、ちゃんと謝りに行くよ」

「どういうつもりなんだ……」

「どうもこうも」

ふっと息を吐くなり、お返しとばかりにみぞおちへ蹴りを入れてきた。今度は陸矢がまともに食らい、みっともなく床に尻餅をつく。

「おまえなぁ……」

「おあいこだろ」

しばし睨み合ってから、どちらからともなく視線を和《やわ》らげた。

「沢城、俺はおまえに言ったよな。真剣に考えろって。どうして、つまらない嘘を引き摺ったのか。その理由を突き詰めれば、おまえの何かが変わるって思ったからだよ」

「大きなお世話だ。藤野とは、今夜話すはずだったんだ。それを、おまえの引き抜き騒動で台無しにされたんだぞ。一発殴ったくらいじゃ、気が済まない」

「へぇ、そんな口を利いていいのかよ。本当に、俺が店を移ったらどうするんだ？」

「………」

揶揄《やゆ》するような笑みを浮かべ、御門はこちらを煽《あお》ってくる。だが、陸矢はすぐには反応しなかった。黙って相手の顔を見つめ、やがて蹴られた腹を押さえながらゆっくりと立ち上がる。

「――御門」

正面から彼を見据え、低く落ち着き払った声音で陸矢が言った。

「『カルロッタ』には、おまえが必要だ。辞めないでくれ」

「沢城……」

「この通りだ」

深々と頭を下げ、誠意を尽くして懇願する。

初めて見る殊勝な態度に、さすがの御門も絶句したまま二の句が継げなかった。

「もし、待遇面で不満があるならできる限りのことはさせてもらう。だが、おまえの料理を一番活かせる場所は『カルロッタ』だと俺は信じている。あの空間と、あそこに集う客たちは、必ずおまえの財産になる。もう少し、一緒にやっていかないか？」

「……驚いたな」

「え？」

「沢城が、俺に頭を下げるなんて。無愛想で言葉足らずで、最初に俺を引っ張ってくる時でさえ当然やるだろ？　って態度だったくせに」

「それは……あの時は、おまえが離婚した直後で落ち込んでいたから……」

「…………」

「何か、気の晴れるようなことでもあれば、と思ったんだ。過去を振り返っている間もないほど、新しくて夢中になれることが」

あまり大っぴらに言うことではないと、今まで口にしなかったことだ。しかし、陸矢が話している間に御門の表情はみるみる変化していった。

「じゃあ、何かよ。『カルロッタ』は俺のため、とでも言うつもりか？」

「そうだ」

「……嘘だろ」

らしくなく目元に朱を走らせ、彼は困惑も露わに後ずさろうとする。だが、ソファに阻まれて叶わないと知ると、そのまま疲れたようにクッションの上に座り込んだ。

「おい、大丈夫か」

「大丈夫じゃない」

ふて腐れたように即答し、床を見つめて長い溜め息を漏らす。

「あれか。『カルロッタ』のネーミングも、当時の俺を意識してつけたのか」

「ああ、そうだ。まずかったか？」

「…………」

平然と陸矢は肯定するが、御門は羞恥のあまり死にそうだ。

『カルロッタ』には、自由な者、強い者――という意味がある。

「うわ、もう全身が痒《かゆ》くなりそうだ。沢城、おまえって本当に気障《きざ》だな」

「何でそうなるんだ。いい名前だろう。御門は普段はお調子者のくせに、変なところで生真面目だから調子が狂う。とにかく、引き抜きの話は諦めてほしい。頼みはそれだけだ」

「……俺はさ」

まともな返事を避け、彼は俯《うつむ》いたまま話し始めた。

「おまえにこそ、過去を振り返るなって言いたかったよ。翠川のことは忘れて、人の善意を素直に信じられる人間になってほしいってな」

「御門……」

「夕貴くんは、そのきっかけになる子だと思う。だから、おまえに早く彼への気持ちを自覚してほしかったんだ。いつまでも臆病になってないで、ちゃんと他人と向き合える沢城に戻ってもらいたかった。なぁ、今夜おまえは親友と夕貴くんと、一度に二人を失いかけたんだぞ。そのことを怖いと思えるなら、まだ間に合う。大丈夫だ。沢城、もっと素直になれ」

御門は少しずつ目線を上げ、最後はしっかりとこちらを見る。

その瞳には、一片の迷いもなかった。

夕貴を誘惑し、わざとらしく波風を立てたのも、全てはこの言葉を陸矢へ伝えるためだったのだ。半ば呆《あき》れ、半ば感動しながら、陸矢は黙って彼の想いを受け止めた。

「藤野を追いかける」

やがて、それだけを口にする。

心の底から安堵したように、大きく御門が頷いた。


気が付いたら、周囲は見慣れぬ繁華街だった。

「あ……れ。何で、こんなところに……」

夕貴は戸惑い、どうやってここまで来たんだっけと記憶を遡《さかのぼ》る。けれど、混乱したまま闇雲に歩いていたせいでまるきり思い出せなかった。ただ、足の向くままに夢中で走っていたら、ネオンの瞬く場所へ辿《たど》り着いていたようだ。

家へ帰らなくちゃ、と思う。

けれど、今こんな状態で母親と顔を合わせるのは想像しただけで気まずかった。できれば彼女が就寝するまで、どこかで時間を潰せないかと考える。同性に押し倒されてキスされそうになり、陸矢に助けてもらったなんて、とても我が身に起きたこととは思えなかった。

(御門さん、何で急にあんなこと……)

居酒屋の呼び込みや、けたたましい流行歌が流れる中を、とぼとぼと夕貴は歩き続ける。だいぶ冷静になったとはいえ、まだ摑まれた腕や間近で感じた吐息は生々しく残っていた。

(あんなの、絶対に御門さんらしくない。それに、沢城さんが現れた時もちっとも驚いていなかった。きっと、鍵を開けておいたのも御門さんだ。それなら……)

答えは一つしかない。

御門は、わざと陸矢に目撃させようとしたのだ。

(でも、どうして……)

彼の気持ちは少しもわからなかったが、少なくとも本気で口説かれたのではなさそうだ。大体、御門ほどの大人なら、もっと上手いやり方はいくらでもあっただろう。あれでは夕貴に警戒心を抱かせるばかりだし、そもそも「俺と寝れば『カルロッタ』に残ってあげる」なんて形《なり》振《ふ》り構わない条件を出すほど恋焦がれてくれたようには思えなかった。

(沢城さんに見られたら、友情にだってヒビが入るんじゃないのかな)

引き抜きの話から一連の流れを浚《さら》ってみると、ますます不可解な思いに捕らわれる。人が変わったような御門の言動は、はたして何を目的にしているのだろうか。

それに、と夕貴は強く痛む胸を押さえた。

飛び込んできた陸矢の表情を思い出すたび、激しく心が掻き乱される。怒りの中に垣間見えたのが、御門への嫉妬だったらと願う自分が浅ましくて嫌だった。それに、御門の行動は充分に予想できたのに、彼は結局自分を送り出したのだ。そう思うと、上司としての義務感で来ただけで、そこに特別な感情を求めてはダメなんじゃないかと悲観してしまう。

(俺……沢城さんのことが……)

もう、とっくに夕貴は気づいていた。

沢城陸矢に、恋をしている事実に。

(バカだな。今頃そんなこと思っても、辞めるって出てきちゃったのに)

半ばパニック状態で口走ったとはいえ、簡単に取り消せる発言でないことは承知している。けれど、あんなことがあった以上、何食わぬ顔で仕事を続けるなんて無理だ。まして、陸矢への想いを自覚したのなら尚更だ。部下に慕われる程度ならまだしも、恋情を抱かれているとなったら向こうも話は別だろう。

「キスしたくせに……」

無意識に、声に出して夕貴は呟いた。

陸矢はキスもしたし、抱き締めてもくれた。空矢に成り済ましたり、御門の元へ送り出したりもしたが、それで彼への気持ちは帳消しになったりしない。不用意に触れられて、その気になってしまった自分が子どもだっただけだ。

「あれ、藤野くんじゃん？　どうしたの、こんなところふらついて」

「え……」

背後からポンと肩を叩かれて、ぎょっとして足を止める。馴れ馴れしく顔を覗き込んできたのは、陸矢とうり二つの男だった。

「沢城……空矢さん……」

「お、今度はすぐわかっちゃったか。まぁ、陸矢はこんな時間に繁華街でビラ配ったりはしないもんなぁ。まったく、同じ遺伝子を持ってるっつうのに何でまた……」

「アルバイト中ですか？」

よく見る居酒屋のはっぴを羽織り、『ビール一杯三百円！』と刷られたクーポンを大量に抱えた姿は、答えを聞くまでもない。空矢は悪びれない様子で笑うと、ちょっと休憩するか、と明るく誘いをかけてきた。

「あんまり時間ないから、ファストフードでよけりゃ奢《おご》ってあげるよ」

「でも……」

「いいだろ？　この間ご馳走になったコーヒーの礼だよ」

「わわっ」

言うなり強引に夕貴の右手首を摑み、二十四時間営業のバーガーショップを目指して勝手に歩き出す。どうしよう、と焦ったが、どうせ時間潰しをしようと考えていたのだ。ままよ、と覚悟を決めると少しだけ気持ちが浮上する気がした。

「いやぁ、悪いね。バイト先に連絡しとかないと、またクビになっちゃうから。で、話の続きを聞かせてよ。何だか、男同士で三つ巴の愛憎劇って感じなんだけど」

「ふざけないでください……」

電話を入れてくる、と言った空矢が戻ってくるなり、ニヤニヤとテーブルに頬杖を突く。二階の窓際席に向かい合って座った後、夕貴が問わず語りに経緯を打ち明けてしまったのは、彼が陸矢と同じ顔というのが大きかった。

「藤野くんは、『ヨクサル』を本当に辞める気なんだ?」

「………………」

「勿体《もったい》ないと思うけどなぁ。働いていたなら、よくわかってるでしょ。あそこは、良い会社だよ。居心地よし業績よし、同僚は有能&親切。まして新卒を採らない狭き門なのに」

「沢城さんが声をかけた社員ばかりだって」

「表向きはな。半分は、向こうから売り込んできたんだよ。陸矢と仕事がしたいって」

少し得意げに、空矢が微笑んだ。

「あいつ、愛想も媚《こ》びも振り撒かない割には周りに人が集まるんだよな。才能があるって羨ましいよ。本人は無頓着《むとんちゃく》なのが、また憎らしいんだけど」

「空矢さん……」

「だから、俺に成り済ましていたって知った時はびっくりしたよ。まず、そういうキャラじゃないと思っていたからさぁ。ほら、あいつって俺サマだけど真面目じゃん。そんでも、きっかけは俺の嘘なわけだから責任は感じてるんだよね」

「…………」

「あのさ、藤野くん。陸矢の口から〝翠川邦生《くにお》〟って名前を聞いたことある？」

唐突に真剣な面持ちで尋ねられたが、生憎と初耳だった。夕貴が項垂《うなだ》れて首を振ると、彼はしばらく何事か考え込んだ後で、思い切ったように口を開く。

「翠川邦生っていうのは、数年前に『ヨクサル』で雇っていた奴だよ。実質、半年くらいしかいなかったかなぁ。実はそいつが雇われるまでのくだり、藤野くんとそっくりなんだよね」

「え……」

聞かない方がいい、と咄嗟に心のどこかで声がした。聞けば後戻りはできないし、また嫌な思いをするかもしれない。せっかく封印されたものを起こして、今より問題が大きくなっては元も子もなかった。

けれど……——。

「……いえ、聞いたことはありません」

夕貴は、意を決して先に進むことにする。

陸矢のことなら、余さず知りたいと思う気持ちには勝てなかった。

「そっか。じゃあ、ここで会ったのも何かの縁だろうし話してあげるよ。余計なことすんなって陸矢には怒られるだろうけど、夕貴くんを騙すような形になった理由、多分翠川が原因なんじゃないかと思うからさ」

「え？」

心臓が、早くも早鐘のように打ち始める。陸矢に悪意がなかったのは察しているつもりだったが、まさかはっきりと理由があったとは思わなかった。

空矢は残っていたコーヒーを呷り、再び話し出した。

「翠川は、俺や陸矢と中学が一緒だったんだ。当時は仲良くてさ、俺もまだこんな風に落ちぶれちゃいなかったから、三人でよくつるんで遊んでた。でも、親が事業に失敗して翠川は転校することになって、それっきり連絡も途絶えていたんだ」

「それが、どうして『ヨクサル』に……」

「陸矢のインタビュー記事を、ネットで見つけたって言ってた。あいつ、まずは俺の前に現れてさ、〝いきなり陸矢のところは敷居が高いから、橋渡ししてくれ〟って。ま、腐っても兄弟っつうか、何だかんだ陸矢は俺に甘いのをわかってたんだろうな」

「…………」

それは、確かにそうだと思う。どんなトラブルメイカーだろうと、陸矢は常に兄の尻拭いをしてきたと聞くし、縁を切ったり冷たく突き放したりもしなかった。

「何だか……空矢さん、ズルいです」

「え、俺？」

「沢城さんが、絶対自分を見捨てないってわかってる。その上で、いろいろ無茶をして甘えているじゃないですか。沢城さんが気の毒です。空矢さん、お兄さんなのに……」

「いやぁ、まいったなぁ」

真っ直ぐな物言いに苦笑いし、空矢は頭を掻く。

「夕貴くん、本当に陸矢のことが好きなんだねぇ」

「はっ、話を逸らさないでくださいっ。俺はただ……」

「逸らしてなんかいないよ。だって、こんな風に事態が拗れたのは〝好き〟って感情があったからじゃないの？　そうでなきゃ、さっさと相手に見切りをつけてお終《しま》いでしょ？」

「それは……」

「俺から見たら、あんたたちの嘘や誤解なんかささやかなもんだよ。他愛のないレベルだ。それが世界の終わりみたいな騒ぎになっちゃうのは、好きで大事すぎるからだろ？　夕貴くんだけの話じゃないよ？　陸矢だって同じだ」

「え……？」

痛いところを衝かれた夕貴は、聞き捨てならない一言に顔を上げる。今、何て……と訊き返そうとしたが、空矢はさっさと元の話題に戻ってしまった。

「俺は、陸矢に翠川を会わせたよ。で、泣きつかれた陸矢は何の資格も経験もない彼を無条件で採用した。後でわかったんだけど、母親が病気だとか前の会社が倒産したとか、でまかせもいいとこだったらしい。翠川はヤクザの情婦に手を出して、金を脅し取られていたんだよ。しばらく真面目に働いて陸矢の信用を得た後、会社の金を引き出してドロンだ」

「母親の病気……倒産……」

「な？　夕貴くんの状況とそっくりだろ。おまけに、俺を介して『ヨクサル』へ来たって経緯まで同じだし。俺から電話で事情を聞いた陸矢は、その時のトラウマが発動したんだろうな。何しろ、資金を持ち逃げされたお陰で『ヨクサル』は潰れかかったんだから」

「本当ですか？」

「うん。翠川を脅していたヤクザまで、あいつがトンズラしたって乗り込んできたし。ほとぼりが冷めるまで嫌がらせを受けたり、資金繰りのために駆けずり回ったり、当時の陸矢は傍で見ていても大変そうだった。結局何とかなったんだけど、直後に胃潰瘍《いかいよう》で倒れて手術したんだよ。あいつ、極限まで我慢する性質だからねぇ」

まるきり他人事のように話すが、空矢は一欠片の同情も翠川を推薦した責任も感じなかったのだろうか。少し呆れ気味に彼を見ると、へらっと笑って「そんな、虫でも見るような目で」と言われてしまった。

「御門や榊も、当時のことはよく知ってるよ。けど、実質何もできなかった。俺と同じ」

「そんな……」

「いや、それは陸矢が悪いのさ。あいつは、他人を頼ろうとしない。できないんだ。助けてくれと頭を下げれば、力になろうって連中はいくらだっていたのに。そもそも一匹狼って一見カッコいいように見えるけど、近くの人間にしたら切ないもんだよ？　皆、歯がゆさを抱えて見守ってるしかなかったし、挙句の果てに陸矢が血を吐いて倒れたもんだから、それぞれが自分を責めていたしな。御門なんか、翠川を見つけたらぶっ殺しかねなかった」

「…………」

「ま、夕貴くんから見れば〝おまえが言うな〟だろうけどね。陸矢は、もうちょっと肩の力を抜いて生きればいいんだよ。ほんと、俺とあいつ足して二で割れればなぁ」

まさしく「おまえが言うな」状態だったが、今更責める気にもなれない。夕貴は深々と溜め息を漏らし、曇った窓から夜の繁華街を見下ろした。

今頃、陸矢はどうしているだろう。まだ御門と一緒なんだろうか。

いろんな問題を「辞めます」の一言で放り出してしまった、と後悔がじわりと苛んだ。せめて、もう少し早く翠川の話を知っていれば何かが違っていたかもしれない。そう思ったところで遅すぎるし、無責任に逃げ出した自分に夕貴はひどく落胆した。

「俺、『ヨクサル』で働かないかって言われた時、単純に嬉しくてすぐ承知しちゃったんです。まさか、沢城さんにそんなことがあったなんて……」

「本来、『ヨクサル』は少数精鋭が売りだ。自分の甘さだって、何の売りもない奴を同級生だったってだけで雇った負い目もあったんだろうな。そこに、あいつはそう言ってたよ。だから、同じような条件の夕貴くんを雇ったたって聞いて変だとは思ったんだ」

「じゃあ、空矢さんに成り済ましていたのも……」

「最初は穿《うが》って見ていたんだろうね、君のこと。でも、すぐに翠川とは違うって気が付いた。そうなると、陸矢にしてみれば気まずいことこの上ない。あいつ、夕貴くんの前で、挙動不審になったりしなかった？」

「そういえば、何度か物言いたげな様子だったりはしました」

「だろうねぇ～。くそ、俺も見てみたかったなぁ」

「空矢さん！」

さすがに不謹慎だろうと声を荒らげると、笑ってごまかしながら両肩を竦める。同じなのは顔だけだと、いっそ感心するほどだった。口ぶりから仕草まで二人には共通点など一つもなく、陰と陽に綺麗に分かれた魂が、それぞれの身体に入ってしまったようだ。

「で、夕貴くんはこれからどうするの？」

あっけらかんと訊かれたが、聞きたいのはこちらの方だった。

上手く答えられずに再び窓外へ視線を逃がし、どうしようかと自問する。いつまでもここにはいられないし、またネオンの街をさ迷って頭を冷やそうか。そんな不毛なことを考えていたら、ふと見覚えのある人物が視界に飛び込んできた。

「沢城さん？」

嘘だろ、と思わず身を乗り出して、まじまじと顔を確認する。

間違いない、陸矢だ。安っぽい客引きやけばけばしい看板から、その佇《たたず》まいが見事に浮いている。彼は険しい表情で周囲を見回した後、不意に何かを感じたように顔を上げた。

「…………」

まずい、目が合った。

慌てて逸らし、夕貴は立ち上がる。どうしてここに彼がいるのか謎だったが、頭の整理がつくまでは会いたくない。今度顔を合わせたら、自分が何を口走るかわからないからだ。

「こらこらこら」

急いで立ち去ろうとした上着の裾を、空矢がおもむろに摑んで引き止めた。

「空矢さん、何するんですかっ」

「まぁまぁ、逃げることないじゃん」

「離し……」

「悪いけどさ、ここにいるよって陸矢に教えたの俺だから。それに、この辺をそんな頼りなげな顔でふらふらするのは良くないよ？　悪い人のカモになっちゃうからね」

「う……」

空矢が言うと妙に説得力があり、うっかり逆らえなくなる。そうこうしている間に階段を駆け上がる足音がして、息を弾ませた陸矢がやってきた。

「藤野！」

まばらだった店内の客が、何事かと一斉に彼を見る。だが、陸矢は構っちゃいなかった。脇目も振らずにどんどん近づくと、怯える夕貴の前で仁王立ちになる。空矢がパッと摑んでいた手を離したが、もう逃げるどころか恐怖で動けなくなってしまった。

「あ、あの……」

「どうして電話に出ない！　何度も携帯にかけたんだぞ！」

「え？　あ、す、すみません。俺、勢いで電源切っちゃって……」

「とにかく出よう。――ほら」

ごく当たり前のように右手を差し出され、かあっと頰が熱くなる。まさか、この手を取れというのだろうか。子どもか、あるいは……恋人同士のように。

「空矢、おまえには言いたいことがいろいろあるが、今はとにかく礼を言う。ありがとう」

「だーかーら、そういう律儀な真似やめろって」

辟易《へきえき》したように顔をしかめ、しっしと空矢が追い払う素振りを見せた。陸矢は僅かに表情を緩めると、ぐずぐずしている夕貴の手を無理やり摑んで歩き出す。抵抗する間もなく引っ張られ、周囲の注目を浴びながら一緒に店から出た夕貴は、まるで現実のこととは思えない展開に完全に思考が混乱していた。

「どうして……」

ネオンの下を数歩進んだところで、たまらず足を止めてしまう。

ダメだ、と思った。

流されるままついて行っては、また肝心なことが訊けなくなる。今まで「いつか訊こう」と後回しにしてきた引っかかりが積み重なって、今夜のような事態を招いたのだ。もう同じ過ちはくり返したくなかった。

「どうして、迎えに来てくれたんですか。俺、辞めるって言ったのに」

「………」

「沢城さん」

急くように名前を呼ぶと、陸矢がゆっくりと振り返った。先ほどのような怖い顔ではなかったが、開き直った一種のふてぶてしさが瞳に宿っている。

彼は夕貴の右手を握り締め、往来の真ん中で堂々と言った。

「おまえが好きだからだ、藤野」

CD

双子の弟が夕貴を連れ去る様を、空矢は感動にも似た思いで見送っていた。

自由奔放な兄のツケを一身に背負って生きてきた陸矢が、人目も憚らず、世間の常識にも背を向けて、七歳も年下の男の部下にめろめろな姿を隠しもしない。そんな日がやって来るなんて、まるで予想だにしていなかった。

「しょうがねぇなぁ。これじゃ、俺が真人間になってガキでも作らないと沢城家が絶えちゃうじゃねぇか。親に孫も抱かせてやりたいしさぁ」

今まで、さんざん弟を自分の犠牲にしてきた。その罪滅ぼしも兼ねて、そろそろ性根を入れ替えるかな、なんてお気楽に考える。それで簡単にやり直せたら誰も苦労はしないのだが、二十七年分の殻を突き破るかのような陸矢の行動には、らしくもなく感銘を受けていた。

「ん？　御門？」

とりあえずバイトに戻るか、と立ち上がりかけた時、携帯電話が鳴り出した。発信は御門からで、時刻はすでに日付を超えている。今夜は彼にとっても傷心の夜だろうから、ちょっとは話し相手になってやるか、と座り直して電話に出ることにした。何しろ、長いこと秘めていた彼の想いを知っているのは、世界で空矢だけなのだ。

無愛想な後輩に片想いをして、一生想いを秘める代わりに親友の座を手に入れた。

そんな人間がまともに結婚したところで、一年ともつわけがない。

「あいつも因果な奴だよなぁ。仲を取り持ってやるなんて真似してさぁ」

自棄《やけ》酒に付き合え、と言うのなら、秘蔵のワインをぜひ振る舞ってもらわねば。

そんなことを考えながら、はいはいと空矢は明るい声を出した。


ぐわんぐわん、と夕貴の頭の中で目まぐるしく音が鳴り響いている。

思いがけない陸矢からの告白を受けてから、それは一向に止むことがなかった。

「とりあえず入れ」

タクシーを捕まえた陸矢が、呆然自失の夕貴を連れて来たのは見知らぬ高級マンションだ。

しかし、中へ一歩足を踏み入れた瞬間、そこが彼の住居であることはすぐにわかった。

住人の仏頂面に反して、温もりを感じる柔らかな色彩。ナチュラルな木の味わいを活かした内装は、アンティークの家具や質の良いファブリックで品よくまとめられていた。不要な物は一切ないのに、素っ気ない感じが皆無なのも安らげる要因だろう。

陸矢そのものだ——そう夕貴は思った。

余計な飾りはなく、本当に気に入った物を長く丁寧に愛していく。『カルロッタ』の居心地の好さにも通じる空間に、いつの間にか脳内の騒音も鳴りを潜めていた。

「強引に家へ連れてきて悪かったな。家族の方は大丈夫か？　まずいようなら、やっぱり送っていく。いや、俺がお母さんに電話を……っていう時間でもないな……」

「大丈夫です。ていうか、俺もう未成年の学生じゃないんで」

「ああ、そうか……すまない」

「………………」

明らかに落ち着きのない様子を見ていたら、段々微笑ましくなってくる。普段、あんなに偉そうにしているくせに、今の陸矢はまるきり別人のようだった。

(そういえば、初めて『カルロッタ』でご飯を食べた時〝マーブル模様みたいだ〟って沢城さんのことを思ったんだよな。バニラとチョコの溶け合った、いろんな顔があるって)

空矢と比べていた時とは違う、陸矢自身の持ったくさんの顔。

それを一つ一つ発見するたびに、夕貴の胸は愛おしさで満ちていったのだ。

「適当に座ってくれ。コーヒーでも淹れてくる」

「あ……あの！」

言うなり居間から出て行こうとする彼を、夕貴は慌てて引き止めた。

夜中にここまでついて来たのは、一緒にコーヒーを飲むためなんかじゃない。

「……どうした？」

その想いは正確に伝わったのか、陸矢はゆっくりと夕貴へ向き直った。

こちらを見つめる瞳に迷いはなく、力強い輝きに思わず惹《ひ》き寄せられる。降り積もる沈黙は情欲の微熱に染まり、鼓動は今にも弾けそうなほど胸を叩き続けていた。

「さっきの……本当ですか……」

勇気を振り絞って、尋ねてみる。

情けなく足が震え、視線が泳ぎそうになった。

「沢城さん、俺は……」

「好きだ」

「す……」

「藤野、おまえが好きだ」

先には言わせまい、というように、きっぱりと陸矢が告白する。瞬時に夕貴の全身が熱くなり、甘い目眩《めまい》に襲われた。思わず身体をふらつかせると、陸矢が素早く抱きかかえ「大丈夫か？」と心配そうに尋ねてくる。けれど頷くのが精一杯で、なかなか言葉が出てこなかった。

「驚かせて悪かったな。だが、訊かれたから正直に答えた。藤野、迷惑ならちゃんと言え」

「め……いわく……？」

「おまえは、今夜御門に迫られただろう。そんな時に、同じように男から好きだと言われて気分がいいはずがない。頭ではわかっているんだが、ぐずぐず考えていたらおまえは俺の前から消えてしまう。だから、ちょっと焦った」

「沢城さん……」

こんな時まで、真面目に解説なんかしなくていいのに。

そう思うと、何だか可笑《おか》しくてたまらなくなった。陸矢はモテるし相手に不自由はないと榊が言っていたが、こんな無骨な物言いで口説かれるとは予想外もいいところだ。

でも、と夕貴は嚙み締めるように胸で呟いた。

そういう人だから、大好きなんだ。

「俺も、沢城さんが好きです」

「え?」

「触られるのも、キスをされるのも、沢城さんでなきゃ嫌だ」

「藤野……」

思い切って、自分から彼にしがみついてみた。すぐに背中へ両腕が回され、陸矢がぎゅっときつく抱き締め返してくる。安堵の息が零《こぼ》れ落ちた瞬間、全てを奪うように口づけられた。

「ん……ん……」

艶《なま》めかしく舌が蠢《うごめ》き、夕貴の感覚を蕩《とろ》かせていく。

初めての時は驚くばかりだったが、二度目のキスはまるきり違っていた。身体の芯にじんわりと火が灯《とも》り、疼《うず》くような快感に支配される。絡み合う舌の動きは、夕貴の意志とは別の生き物のように貪欲《どんよく》に愛撫を求めていた。

「側にいてくれ」

唇を擦り合わせながら、吐息で陸矢が哀願する。

はい、とすぐに答えたくても、新たなキスに邪魔をされた。

「おまえを見ていると、いろいろしたくなる」

「いろいろ……」

「構ったり、苛《いじ》めたり、からかったり、甘やかしたりだ。他にもある。何でも、おまえにはしてやりたい。こんな風に誰かを想うのは、生まれて初めてだ」

「沢城さん……」

陸矢でいい、と囁《ささや》かれたが、すぐに切り替えられるはずもない。何度目かのキスを受け、力がすっかり抜け切った頃、不意に陸矢が夕貴を抱え上げた。

「え、ちょ……何を……」

「柔らかい場所に移るぞ」

「やわらか……ええっ？」

有無を言わさず寝室まで運び込まれ、広いベッドに下ろされる。起き上がる隙《すき》もなく圧し掛かられ、すぐ目の前に彼の顔が迫った。

「……抱いていいか?」

「そ、そんなはっきりと……」

「嫌なら、今夜はこのままでいる。藤野、おまえが決めていい」

「………」

言っていることは色気皆無だが、その顔は見惚れるほどカッコいい。

真っ先にそんな感想を持つなんて、芯から抵抗を感じていない証拠だった。ここで拒絶すれば陸矢は思い留まるだろうが、愛し合いたいのは夕貴も同じだ。

(こういう時、男同士って便利かもしれないな。止まらない気持ちは一緒だから……)

一つだけ、気がかりなことがあった。

陸矢は、男の身体でも抱けるのだろうか。

「問題ないぞ」

「えっ?」

「今、少し不安そうな顔をしただろう。心配なら、自分の手で確かめてみればいい」

「さ……沢城さん……」

困惑する夕貴の右手を掴み、彼はそっと己の欲望へと触れさせた。服の上からでもはっきりとわかる情熱の形に、羞恥と喜びが同時に夕貴を襲う。愛しい人が自分に欲情している、という事実の前では、戸惑いも一瞬で消し飛んでしまった。

「俺は……どうすれば……」

恥ずかしさを堪えて小さく尋ねると、慈しむように髪を何度も撫《な》でられる。陸矢は唇の端を優しく上げ、「自然にしていればいい」と答えた。

「ただし、もう嫌だと言っても聞かないぞ。おまえが嫌がったり恥ずかしがったりすると、俺はきっと止まらなくなる。痛い時だけ、ちゃんと教えてくれ。加減する」

「は……い……」

何をどう加減するんだ、とは思うものの、その前に言われた恥ずかしい言葉の数々に夕貴はどこかに隠れてしまいたくなる。それでも、陸矢が本当に嫌なことはしないだろうという確信はあった。だから、自分は彼に身を任せて愛情を受け止めればいい。

「う……」

服を脱がされ、素肌を重ね合うと、鼓動が響き合って一つになる。

溶け合う体温を汗で感じながら、夕貴はひたすら愛撫を受け止めた。

「あ……ぁ……」

抑えられない声をシーツに滲み込ませ、巧みな指の動きに乱される。

何もかもが初めての経験なのに、不思議と少しも緊張しなかった。陸矢に委ねていると思うだけで、どれだけ暴かれても受け入れられる。それが、夕貴の感じる全てだった。

「う……く……」

肌のあちこちを唇で甘嚙みされ、屹立《きつりつ》する分身は彼の手で啼《な》かされる。含まれた胸の先端を焦らすように舌で転がされ、幾度も目の奥が白く瞬いた。

「やぁ……あぁ……」

「もっと聞かせてくれ、藤野。おまえの声を、もっと」

「さわ……きさ……」

「陸矢だ」

「り……くやぁ……ッ……」

身悶《もだ》える夕貴の身体に、陸矢の愛撫が快感を刻んでいく。

きつく吸われ、舐《な》め回されて、そのたびにびくりと中心が脈打った。淫《みだ》らな彼の手を蜜《みつ》で濡《ぬ》らし、強く弱く擦り上げられる。人の手で絶頂まで導かれる悦びは、夕貴から一切の理性を奪うには充分だった。

「あぁ……ダメ、です……もう……もう……ッ」

「我慢するな」

「で……も……あ、あぁっ」

堪え切れずに情熱を吐き出し、荒々しく呼吸を乱す。遅れて羞恥が襲ってきたが、これで終わりではなかった。虚脱している身体に再び陸矢が触れ、後ろの入り口に濡れた指先を伸ばしてくる。何を、と抵抗する間もなく、奇妙な感覚がそこから爪先へ駆け抜けた。

「あ……あっ」

「力を抜いて。息をゆっくり吐きながら、俺を見ろ」

「りく……やさ……」

言われるままに、生理的な涙の滲んだ目を向けると、うっとりするほど優しい笑みが待っていた。ああ、と安堵に息を吐き、夕貴は彼へしがみつく。腰を少し浮かし、できるだけ彼が触れやすいようにすると、「いい子だな」とこめかみに口づけられた。

「少しだけ慣らしてから、いれてもいいか」

「い、いちいち訊かなくていいです……ッ」

「そうか、悪い」

絶対わざとだろう、と恨めしく思ったが、陸矢は上機嫌で愛撫を再開する。ゆっくりと指を増やされていく違和感は、胸を弄《いじ》られている間に薄らいでいった。

「んぅ……く……」

尖《とが》らせた舌先で乳首を転がされ、後ろをいやらしく苛められる。

夕貴は幾度もシーツの上で身じろぎながら、火照《ほて》る肌を陸矢へ擦りつけた。

「はぁ……あああ……」

恥ずかしいくらい足を開かされ、情熱を飲み込んだ夕貴は甘く揺さぶられ続ける。

愛しい欲望で奥を突かれ、巧みな律動に翻弄《ほんろう》される頃には唇を閉じることも忘れていた。

「りくやさ……陸矢……さ……ぁ……」

唇で犯され、指でとろとろになり、もう別の生き物になってしまった気がする。

夕貴は優しく蹂躙《じゅうりん》されながら、陸矢の名前をひたすら呼び続けた。

陽の落ちるのが早くなり、吹く風に冬の気配が濃くなってきた頃。

夕刻から『カルロッタ』を貸し切って、夕貴の歓送会が開かれていた。

「でも、本当に淋しくなるなぁ。どうしても辞めちゃうの？」

乾杯の後、真っ先に榊が残念そうな声を上げる。『ヨクサル』の社員の中でも一番関わりが深かっただけあって、しきりと名残りを惜しんでくれるのが切なくも有難かった。

「すみません、榊さん。秘書業も全うしない内に、また抜けてしまって。でも、せっかく沢城さんが〝投資する〟って言ってくれたので、思い切ってお言葉に甘えようと思うんです」

「ううう。めでたい門出だし、笑って送り出してやりたいけどさ。でも、これで社長の愚痴を言い合える相手がいなくなるかと思うと、俺はめっちゃ悲しいよ」

「おや。それなら、俺がいつでも相手になるよ、榊くん。沢城への愚痴なら、こっちも溜まっているからね。あいつがいなければ、夕貴くんを口説き落とせたのに」

「御門さん……それ、シャレにならないっす……」

苦笑いを浮かべる榊を、御門が悪戯っぽい目つきでねめつける。今日は立食形式なので、彼も料理の下ごしらえを終えた後は弟子たちに厨房を任せていた。

「ま、一番の新参者が今夜は一番張り切ってるけどね」

苦笑いする御門の言葉に、一同は「ああ……」と複雑な反応をする。けれど、夕貴だけは嬉しそうに声を弾ませて「良かった！」と破顔した。

「空矢さん、ここで真面目に頑張っているんですね」

「真面目かどうかは知らないが、ろくに一つの職場に居つかない奴にしては根性を出している方だ。そろそろ一ヶ月になるからな」

しみじみ感動していると、素っ気なく陸矢が水を差す。しかし、出された料理の内で彼が一番に手を出したのは、何を隠そう空矢が手掛けたトマトのブルスケッタだった。ガーリックトーストにバジリコやオリーブオイルで味付けしたトマトを載せ、オーブンで焼いた簡単なおつまみだが、もちろん本来は見習い中の人間が手掛けて良いものではない。けれど、今日は身内の集まりということで御門の許可が特別に下りたのだった。

「まぁまぁ味は悪くない。こういう単純なものは、美味いまずいがシンプルに出るし」

褒めているのかけなしているのか、微妙な意見を彼は口にする。

「だが、実際はまだ皿洗いがいいところだ。ブランクがあるんだからな」

「俺、空矢さんが御門さんと一緒に修業していたなんて知らなかったです。まさしく〝人に歴史あり〟ですね。それに、楽しそうにやっているみたいじゃないですか」

「あいつを褒めるなよ、藤野。たった半年で逃げ出した男だぞ」

「沢城さんは、他人に厳しすぎると思います。たまには、褒めて伸ばさなきゃ」

澄まして生意気な口を利くと、むっとして陸矢がテーブルを離れる。談笑するゲストたちを尻目に彼がテラス席へ向かったので、夕貴も慌てて後を追いかけた。

「……沢城さん？　怒ったの？」

「まさか。あの程度で腹を立てるわけないだろう」

「だって……」

「おまえと二人きりになりたいんだ。せっかくの夜なんだから」

堂々とそんなセリフを吐かれ、たちまち形勢が逆転する。テラス席はフロアから死角に位置しているので人目を気にせず会話ができるようになっており、右手に持った赤ワインのグラスをテーブルに置いた彼は悠々と椅子へ腰を下ろした。

「いい気分だな。夕貴、おまえも来い」

「……うん」

恋人の顔になった陸矢の元へ、赤くなりながら夕貴も急いだ。

テーブルを挟んで隣の椅子に座ると、少しだけ夜風が肌寒い。季節はすっかり移り変わり、これから自分の生活も大きな転機を迎えるだろう。期待と不安がないまぜになり、ほんの少しだけ無口になっていたら、陸矢の右手が無雑作に頭を撫でてきた。

「なっ、何だよ、いきなり」

「もうすぐ、会社でおまえが見られなくなるな」

「でも、頑張って大学に合格したら、春からは一緒に住めるんだよね。沢城さん、俺のことアルバイトで『ヨクサル』の雑用係に雇ってくれるって言ったし、そうしたらいつでも顔なんか見放題だよ」

「それは、何ヶ月も先の話だ。浪人しないとも限らない」

「……縁起でもないこと、さらっと言わないでくれるかなぁ」

頭の上の手をそっと摑んで下ろし、自分の両手で包み込む。

本人よりも饒舌な陸矢の手が、夕貴は大好きだった。

いつだって途方に暮れかけると、彼の声と手が導いてくれた。おまえは一人じゃない、頑張りすぎるなと、優しく叱ってくれる手だ。

「同じくらい、混乱を生んでもくれたけどね」

「何の話だ?」

「ううん、何でもないよ」

ちいさく笑って顔を上げると、右手を預けたまま陸矢の顔が近づいてきた。

そっと目を閉じて柔らかな感触を受け入れ、夕貴は慈しむようなキスを堪能する。時に彼の情熱が勝って翻弄されたりもするけれど、多くはこちらの反応に合わせ、甘い陶酔へと誘ってくれるキスだ。

「好きだよ……」

唇が離れた途端、吐息と一緒に零れ落ちる。

人違いから始まって、くるくると変わる陸矢の印象に何度も振り回された。それでも彼への想いが褪《あ》せることはなく、むしろ捕えどころがない故に惹かれて止まなかった。いろんな色がマーブル模様を美しくするように、どの表情からも陸矢の素顔が垣間見えるようになった時、夕貴にとって彼は無くてはならない大事な存在になっていた。

「俺、今とっても幸せなんだ。陸矢さんも、そうだと嬉しいな」

「聞かなくたって、顔を見ていればわかるだろう？」

「うん、そうだね……しかめ面してないし」

笑って茶化したが、そのことが夕貴は何より嬉しい。

大好きな相手が、自分を見て笑っている。

そんな幸せが世の中にあることを、陸矢に愛されて初めて知った。

「予備校の授業には、ついていけそうか？」

少し真面目な顔になって、彼が問いかけてくる。先週から編入したばかりだし、学生を離れて二年たっているので正直夕貴も不安はあった。けれど、もともと勉強は好きだったので、今は追いつこうと努力することさえ楽しくて仕方がない。そう答えたら、よしよしと犬にするように雑に撫でられた。

『ヨクサル』での短い体験を経て、改めてレストラン・プロデュースについて関心を深めた夕貴へ、陸矢から進学に関する申し出があったのは恋人同士になってすぐのことだ。

もしも専門的な勉強を望むなら、投資の意味で援助しよう。

そう言って、彼は大学進学に関する経済的なサポートを約束してくれた。条件は、卒業したら必ず『ヨクサル』へ就職して学んだ知識を活かすこと。その前に、大学に合格したらハウスキーパーの名目で同居をすることも望まれていた。給料からの天引きで空矢の十万円は完済したものの、夕貴がそこまで甘えられないと渋ったら、進学にかかった費用は出世払いにしてもいいと譲歩してくれたので、何とか話がまとまったのだ。一番の気掛かりは一人になってしまう母親だったが、そこで意外な事実が発覚した。

「まさか、主治医の先生が母さんに付き合いを申し込んでいたなんてさぁ……」

「俺が学費援助の話をしに伺ったのが、おまえに話すいいきっかけになったようだな。お母さんも、いつ息子に話したらいいか悩んでいたんじゃないか。夕貴の態度如何《いかん》では、断るつもりだったようだし」

「俺は、母さんの気持ちが一番だと思ってるけど……本当は、ちょっと複雑かな。でも、先生が良い人なのは知っているから、自然の成り行きに任せるよ」

「いずれ相応のタイミングがきたら、俺もおまえとのことをきちんと挨拶するつもりだ。それは構わないか？　夕貴が困るなら、しばらく黙っているが」

「きちんと挨拶……」

口の中で反芻したら、ほわっと頬が熱くなった。何だかプロポーズみたいだね、と冗談を口にしたら、しれっと「そのつもりだが？」と言い返される。

「相手が男だろうが女だろうが、夕貴なら関係ない。おまえを縛る気はないが、ずっと俺だけのものでいてくれたらいいとは思っている。……ダメか？」

「……また、そんな顔をして。陸矢さん、ズルいよ」

「そんな顔って、どんな顔だ」

「俺がダメって絶対に言わないって、わかってる顔だよ」

言うが早いか、照れ隠しに彼へ抱き付いた。今まともに見られたら、真っ赤になっているのがバレてしまう。それはちょっと、恥ずかしすぎた。

「俺さ、本当は嬉しかったんだ」

「うん？」

宥めるように夕貴を抱き止め、陸矢が優しく背中を撫でていく。

「自分にやりたいことが見つかって、その勉強ができるってことが。浪人している余裕はないから厳しいけど、俺、できるだけ頑張るよ」

「そうだな。頑張ってくれなきゃ、こっちは欲求不満で死にそうだ。しばらく、おまえを可愛がれないんだから。いいか、死にもの狂いで合格しろよ」

「変なプレッシャーかけないでほしい……」

大真面目に「欲求不満」なんてセリフを、言われるとは思わなかった。自分の前でどんどん見せてくれる新しい表情に、夕貴は毎日驚いてばかりだ。けれど、まったく同じ感想を陸矢が密かに抱いているとは夢にも思わなかった。

マーブル模様は、互いの表情だけではない。

これから育まれる恋の未来にも、鮮やかにその色を載せていくのだ。

「夕貴、愛している」

機嫌の良い眼差しで、甘く陸矢が誘ってくる。

年上の恋人の可愛い誘惑に、仕方がないなあと笑いながら、夕貴は自分からキスをした。

あとがき

こんにちは、神奈木です。このたびは、『マーブル模様のロマンス』を読んでいただき、本当にありがとうございました。攻めの陸矢のちょっとした意地悪心から主人公の夕貴が翻弄されちゃう話ですが、相手のいろんな顔を見つけるたびにどんどん恋に落ちていっちゃう心境と、そんな夕貴を見ている間に罪悪感からドキドキへと変化していく陸矢の様子をにまにま楽しんでもらえたらいいな、と思いながら書きました。少しでも気に入っていただけたら、とても嬉しいです。最近の私の書く攻めの中では、陸矢は無愛想に見えてけっこう溺愛を隠さないタイプなので、この先の夕貴はベッタベタに甘やかされることと思います。

それと、長くお付き合いいただいている読者様にはバレバレですが、またしても私の双子スキーな血が（笑）。とはいえ、実は「攻めが双子」というのは初めてかもしれません。脇のトラブルメーカーとか、受けの兄弟には何度か書いている設定なのですが、意外にも攻めが双子パターンってなかったんじゃないかな、と自分でもびっくりです（例外として、一人が受けでもう一人が攻めはありますが）。陸矢と空矢の場合は、空矢が女にだらしない人なのであのままチャラっと人生を送りそうですね。作中でも言っていますが、陸矢が夕貴を選んだので、自分が沢城家の跡取りを作らないとなぁ、とか本気で思っているんじゃないかな。そういう形で、今まで苦労をかけた弟にお兄ちゃんなりの恩返しを考えるような気がします。

そうそう『ヨクサル』ですが、ピンときた方もいらっしゃるんじゃないでしょうか。実は『ムーミン』の登場人物、スナフキンのお父さんの名前です。息子に輪をかけた放浪癖のある男前で、自由人を素でいくような人物。もちろん、恋愛に関しても言うに及ばず。なので、案外に陸矢は空矢の生き方に憧れを抱いているのかもしれませんね。迷惑をかけられながらも縁を切らないのは、そういう理由からなのでしょう。もちろん、本人は認めないと思いますが。そんな二人の仲を、夕貴が上手く繋げてくれるといいなと思います。

今回の素敵なイラストは、北沢きょう様に描いていただきました。華やかかつキュートな絵柄に少しでも相応しく、と甘いロマンスに挑戦してみましたが、実は原稿仕上がりまで紆余曲折ありまして本当に大変なご迷惑をおかけしてしまいました……。この場を借りて、深くお詫びいたします。また、そんな中でも素晴らしいイラストをつけていただき、申し訳ないやら有難いやらで上手く言葉が出てきません。本当に、ありがとうございました。

同じく、担当様にも根気よく脱稿まで付き合っていただきました。むちゃくちゃご心労をおかけしたと思いますが、常に明るく「大丈夫ですよ」と励ましていただき、何とか最後まで完走できました。重ねて、お礼を申し上げます。

そんなわけで、実は昨年暮れから今年前半は個人的な事情もあって、精神的にも肉体的にも息つく間もない日々を送っております。それでも、何とか書くのを続けてこられたのはお仕事関係の皆様のご理解、ご協力と、何より読者様からの応援の声があったからです。こんな私でも作品を待っていてくれる人がいるんだ、というのが一番の励みとなりました。あとがきでちょっとシリアスになってしまって照れ臭いですが、そういう方々に「待っていて良かったな」と思ってもらえる作品作りに、これからも真摯に取り組んでいきたいです。

感想やご意見、いつでもお待ちしておりますので、何かありましたらお気軽にお聞かせくださいね。読んでくださった方、一人一人に話しかけるような気持ちで、これからも書いていきたいと思います。どうぞ、今後ともよろしくお願いいたします。

それでは、またの機会にお会いいたしましょう――。

神奈木　智拝

https://twitter.com/skannagi（ツイッター）http://blog.40winks-sk.net/（ブログ）

初出一覧

マーブル模様のロマンス　/書き下ろし

B♥PRINCE
http://b-prince.com

B-PRINCE文庫をお買い上げいただきありがとうございます。
先生へのファンレターはこちらにお送りください。

〒102-8584
東京都千代田区富士見1-8-19
株式会社KADOKAWA　アスキー・メディアワークス
B-PRINCE文庫　編集部

マーブル模《も》様《よう》のロマンス

発行　2014年10月7日　初版発行

著者｜神奈木智
©2014 Satoru Kannagi

発行者｜塚田正晃

プロデュース｜アスキー・メディアワークス
〒102-8584　東京都千代田区富士見1-8-19
☎03-5216-8377（編集）
☎03-3238-1854（営業）

発行｜株式会社KADOKAWA
〒102-8177　東京都千代田区富士見2-13-3

印刷・製本｜旭印刷株式会社

小社ホームページ　http://www.kadokawa.co.jp/

Printed in Japan
ISBN978-4-04-866785-2 C0193

B-PRINCE文庫

好評発売中!!

愛人恋鎖

著◆本庄咲貴
イラスト◆小路龍流

「喜べ、ペットから愛人に昇格だ」

裏社会の実力者・鬼柳に拉致され、鬼柳の監視下に置かれてしまった珠貴。淫らな悪戯を仕掛けられ……。

愛の鎖で縛られて

著◆森本あき
イラスト◆周防佑未

「手段は選ばない、おまえが欲しい」

憧れの人・徳士への恋心を親友の碧真に気付かれてしまった凪。その日から碧真の淫虐な攻撃が始まり……。